ZUGEFLOGEN

ZUGEFLOGEN

Gedichte und Geschichten
des Literaturworkshops
»komm dichter ran«
2008

Herausgegeben von
Alexandra Lünskens
und Jürgen Nendza

stadt aachen
KULTURBETRIEB

■ **IMPRESSUM**

Copyright dieser Ausgabe	Kulturbetrieb der Stadt Aachen, 2008
Copyright der Einzeltexte	bei den jeweiligen AutorInnen
Illustrationen	Thekla Hamm, Aachen
Satz und Gestaltung	Darius Dunker, Aachen
Herstellung und Verlag	Books on Demand GmbH, Norderstedt
ISBN	978-3-8370-7058-3

Workshop und Buch wurden gefördert durch die Lohmann-Hellenthal-Stiftung.

INHALT

Von Übertreibung bleibt Reibung
Im Strecken wohnen Recken
In Kassel wohnt die Assel
Das Klavier spielt die Vier
In blass steckt das Ass
Die Pfeile sind in Eile
Die Klappen brauchen Lappen
Im Beginn fließt der Inn
Der Schuster hat einen Huster
Die Herde liegt auf der Erde
Im Sturm fällt der Turm
und Papi liegt im Papier

■ EVA WEISSHAUPT

In Weile steckt die Eile.

Im Brot ist es Rot.

Im Fladen ist der Laden.

In der Flasche die Lasche.

Im Traum ist Raum.

Im Trotz steckt Rotz.

Im Wort ist ein Ort.

Im Bach fließt das Ach.

Im Kreis ist Reis.

In Schande ist die Hand.

Die Bohne ist nicht ohne.

Aber im Licht stehe ich.

■ MIRJA RÜCKFORTH

Im Verjubeln das Jubeln

Im Verüben das Üben

Im Brennwert der Wert

In der Kontrolle die Olle

In der Wirtschaft der Schaft

Im Samen das Amen

Im Austragen das Gen

In der Katharina Joseph dann eine Ina

■ MASHA SHAPIRO

Blaue, laue
Frühlingsnacht
Keine Menschen, kurz nach acht

Grau und rau,
schwarzer Asphalt
einsam, sieben Leben alt

rostiges Gleis,
kein Zug, ich weiß
in einer lauen Frühlingsnacht

■ CORINNA BARKHAUSEN

Im Schlamm liegt das Lamm
In der Scholle Frau Holle
In der Decke die Ecke

Im Trüffel gibt es einen Rüffel
Im Stau steckt das Tau
Im Kleid das Leid

In der Laus hockt das Aus
In der Marina die Ina
Und im Heiner steckt einer

Im Halt wird man alt
Im Pfirsich bin ich
In der Schar ist fast ein Haar

In der Flasche ist eine Lasche
Im Saal schwimmt ein Aal
Dem Regal ist das egal

■ JANA CRON

Man sitze an der Käsereibe
Schreibe
Unter einer Eibe
Eine Satire
In der ein Ire
Will jemanden umbringen
Kann es nicht bringen
Muss mit sich ringen
Geht übers Wasser
Weiß jemand was er
Dort macht?
Und gebe gut Acht
(denn er geht übers Wasser)
Über Türschwellen
Schlägt große Wellen
Legt einen ellen-
Langen Weg zurück
(ist schon ein Stück!)
Und am Gelände-Ende
Legt er
Zack-bumm
Jemanden um.

■ HANNA HOPPMANNS

Vom Haus geht man aus.
Mit dem Bein tritt man ein.
Im Pferde dreht die Erde
Ihre Rund ... und?
Ins Brot frisst das Rot
Ein Loch: Och!
Such in Decken nach Ecken,
Im Traum den endlosen Raum.
Warum liegen die Alten so tief in
    den Falten,
Obwohl Oma in der Tomate schläft?

■ THEKLA HAMM

Sie werden auf Erden,
ja gehe in die Ehe
ruft sie: »Ie!«
Die Hochzeit: Sie schließen einen Eid.
Sein Mund berührt ihren und
dann im Urlaub, im Laub
ein Streit. Etwa ein gebrochener Eid?
Sie sah: Aah!
Er hatte eine andere Frau: au!

■ KATHARINA JOSEPH

Eine Flasche voller Asche
sollte königlich trinken nämlich ich.
Doch mein Erpresser hatte Mitleid. So schwor ich 'nen Eid,
dass an einem der letzten Abende des Monats mein Ende sei.

Doch eine List meine Rettung ist,
dass dieser Monat, wir nannten ihn Laus, ist niemals aus.
Unendlich konnte leben nun ich.
Zwei Tage danach ich im Sterben lag, meine Kinder nur ans Erben
    dachten.

■ FABIAN FALKENBACH

KEINER KAUFTE ERBSENWEIN

Ein Fußballspieler aus Baden
hatte 'nen Krampf in den Waden,
und weil er nicht spielte,
sein Team haushoch siegte.
Der Krampf brachte ihm keinen Schaden.

Ein junger Bursche am Rhein
dachte, es mache sich fein,
wenn er ohne Brille
hüpft wie 'ne Grille.
Doch fiel er ins Wasser hinein.

■ THEKLA HAMM

Ein Winzer kam aus Liechtenstein,
der wollte kreativer sein.
Er wollte im Ganzen
mal was Anderes pflanzen.
Doch keiner kaufte Erbsenwein.

■ CORINNA BARKHAUSEN

Ein Tierschützer aus Laurensberg
betrachtete sein Lebenswerk.
Er rettete diskret und leise
eine weinende Ameise
vor einem bösen Gartenzwerg.

■ CORINNA BARKHAUSEN UND HANNA HOPPMANNS

Andrea aus Raffelsbrandt
schaute immer über'n Brillenrand.
Sie bekam noch ein Kind,
doch wurde bald blind.
Drum führt sie's als Blindenhund an der Hand.

■ EVA WEISSHAUPT

Ein Flaschengeist aus Richterich
erfüllte letztlich sicherlich
die Wünsche vieler Leute
von vorgestern und heute.
Er zog dann um nach Gemmenich.

■ HANNA HOPPMANNS

Der junge Mann aus Tel Aviv
war Jung-Rabbiner, ganz gewieft.
Der schenkte der Rabbiner-Frau
zu Jom Kippur 'nen ganzen Pfau.
Da gab's 'nen dicken Seitenhieb.

■ MASHA SHAPIRO

Ein gelber Sofa-Patriot aus Herne,
mit Hamburgern dealte er gerne,
tauschte sie beim Sushikult
und meinte: Japaner seien Schuld.
Dann sah er nur noch Sterne.

■ FABIAN FALKENBACH

Ein Barkeeper von nirgendwo
setzte sich ins Ohr 'nen Floh.
Er wollte das Weltall checken
und nebenbei den Mars entdecken.
Doch er landete davor im Klo.

■ JANA CRON

Ein Bauer aus Gey
bringt alle zum Geschrei,
denn seine Kühe
geben sich alle Mühe
zu sein: frei

■ KATHARINA JOSEPH

Eine junge Frau aus Ohio
aß zu jedem Essen Mayo.
Doch die Packung war leer,
es gab keine mehr,
und sie wurde ihres Lebens nicht mehr froh.

■ MIRJA RÜCKFORTH

HINEINGEHORCHT IN SIEBZEHN SILBEN

Apfel, klein und rund,
ganz grün und ohne Mangel,
hängt am Baum und lacht.

■ MIRJA RÜCKFORTH

Auto für Auto:
Jeder etwas, niemand ganz.
Umweltzerstörer.

Wachs, Ozonloch, Wachs:
Zauberformel des Fortschritts.
Unser Untergang

■ FABIAN FALKENBACH

Allein am Meer
Warme laue Nacht
Brandung unter meiner Hand
Sand zwischen Fingern

Pause
Immerzu die Hast
Treibt uns durch unser Leben
Halt still und lausche

Marco Polo
Entdeckerseele
Freiheit und Vergänglichkeit
Zeit möglichst nutzen

■ MASHA SHAPIRO

Baumtraum

Großer alter Baum,
Wünsch' dir Beine, Holzwesen.
Laufe frei, laufe

Wind

Kann dich nicht sehen.
Spielst hoch oben in Bäumen.
Kann dich nicht fangen.

Auge

Wunder der Natur
Verbindung zur Umgebung
Fenster zum Leben.

■ THEKLA HAMM

Leidenschaft

Liebe: heiß, innig
Gefühle übermannen
Das ist Leidenschaft

Wind of Change

Er kommt ganz leise
Umschmeichelt deine Gestalt
Weht dein Unglück fort

■ EVA WEISSHAUPT

Vogel, hoch im Wind
Schwebt leicht in weiten Lüften
Sieht Freiheit in mir

Schwere Einsamkeit
Längst ist das Licht vorüber
Längst nur Dunkelheit

Süßer, weicher Wind
Weht sanft und seicht und klangvoll
Die Liebe herbei

■ HANNA HOPPMANNS

Tod
ist nichts und alles
nur das Ende am Ende
wartet still auf dich

Wintersee
in Eis gefroren
bleibt immer schlafend und kühl
einsam im Winter

■ CORINNA BARKHAUSEN

Leben

Leben heißt atmen
Leben heißt sich frei fühlen
Leben heißt sterben

Baum

Er strahlt Stärke aus
Er bietet uns Schutz und Halt
Ein Baum, groß und stark

Lichtblick

Sonne warm und hell
Bringt Licht in die dunkle Nacht
Sonne, ein Lichtblick

■ JANA CRON

Stille

Kein Wort und kein Ton,
die Ruhe still genießen.
Einfach Entspannung!

August

Sonnenblumenduft,
allein in einem Feld. Dort
träumst du vor dich hin.

Liebe

Liebe ein Lustspiel.
Einander begehren, ja.
Etwa für immer?

■ KATHARINA JOSEPH

SOFA, DUSCHE, GURKE, BAUM
MIT DEM TEEBEUTEL IN EINEM RAUM

Kamille —

Ich heiße Kamille. Ich wohnte mit meiner Mutter Kamille, meinem Vater Kamille, meinen Schwestern Kamille und meinen Brüdern Kamille in einem – zugegeben etwas kleinen – Anwesen, der »Casa del Pappschachtel«. Eigentlich führte ich immer ein glückliches Leben. Wir alle. Wir standen den ganzen Tag hintereinander, redeten nicht, bewegten uns nicht und waren zufrieden damit. Manchmal versuchten wir, Pfefferminza zu packen und aus unserer Wohnung zu werfen. Aber es gelang uns nie. Pfefferminza ist Ausländerin. Sie behauptet, sie wäre aus Versehen in unser Haus gefallen. Doch wir glauben, sie ist Geheimagentin und will unsere Steuerhinterziehungen aufdecken.

Sie gibt damit an, dass sie adelig ist. Dass ich nicht lache! Bioware, das kann ja jeder behaupten!

Wie gesagt, es ging mir gut. Bis zu dem Tag, an dem ich gestorben bin. Ich verließ plötzlich das dunkle Haus und flog auf helles Licht zu. An einen Tunnel kann ich mich nicht erinnern, aber bei innenarchitektonischen Fragen sollte man nicht zu pingelig sein. Ich dachte noch: »Oh, da war ich wohl beim Herumstehen und Nichtstun unvorsichtig.

Schade, mein Leben gefiel mir ganz gut«. Da war ich auch schon im Himmel. Ich lag in einem warmen Bad und jemand hatte sogar daran gedacht, darauf zu achten, dass meine Haare nicht im Wasser hingen. Kamille lag neben mir, sie war wohl zufällig im gleichen Moment wie ich gestorben. Wir begannen ein nettes Gespräch über Freunde und dergleichen, als mir plötzlich auffiel, dass sie immer blasser wurde. Das war im Grunde der Moment, in dem ich sie hätte packen und schleunigst das Bad verlassen sollen. Es hätte uns beiden viel Ärger erspart. Aber ich dachte mir: »Komm, es ist so schön warm hier, bleib noch ein wenig«. Mit der Zeit verlor sie immer mehr an Farbe, was mich langsam beunruhigte. Aus Rücksicht auf ihre Gefühle wollte ich sie nicht darauf hinweisen, wie es um ihre Schönheit bestellt war, also sagte ich schlicht: »Lass uns gehen«. Ich stemmte mich am Rand hoch und ging davon aus, jetzt mit einem warmen Handtuch begrüßt zu werden. Stattdessen wurde ich an den Haaren gepackt und tropfnass zu obdachlosen Bananenstückchen und Kadavern von Äpfeln geworfen. Ich war wohl doch nicht gut genug für den Himmel. Vermutlich lag es an den versuchten Mordanschlägen auf Pfefferminza. Man sollte sich eben nie mit der Obrigkeit anlegen.

■ CORINNA BARKHAUSEN

Nur ein altes Sofa? —
Weich und flauschig bin ich, ja gut, auch ein wenig abgenutzt. Aber was soll's, über die Jahre habe ich auch schon so einiges mitgemacht.

Hergestellt wurde ich in Amerika. Schließlich verschickt nach Europa. Genau genommen nach Deutschland. Familie Höfer gefiel mein einst samtweicher marin-blauer Bezug. Nicht nur schön war ich, auch sehr bequem und praktisch, denn man konnte mich ebenfalls als Schlafsofa benutzen. Soll ich Ihnen mal was sagen: Meine bequeme Ausstattung und meinen so großen Komfort bereue ich bis heute! Weshalb? Naja, nach dreißig Jahren quietschen meine Federn sehr und durchgeleiert bin ich auch, wie ein Trampolin, das jahrelang für besessene Turnerinnen herhalten musste. Wobei ich auch des Öfteren von den Kindern Tom und Isi als Trampolin, sogar als Hüpfburg missbraucht wurde. Kein schönes Gefühl, jetzt nach dreißig Jahren so ausgeleiert zu sein. Mein Wert an Attraktivität nimmt immer mehr ab. Ziemlich schade, denn ich hoffe insgeheim immer noch auf ein perfektes Gegenstück. Zum Beispiel einen wunderschönen zu mir passenden blauen Sessel. Ich würde ihn Erwin taufen. Vielleicht hätten wir das Glück, einmal nebeneinander zu stehen oder uns gegenüber, dann könnten wir uns die ganze Zeit gegenseitig betrachten und uns liebevolle Blicke zuwerfen. Ein Traum.

Nicht, dass sie jetzt denken, ich würde nur träumen, das stimmt nicht ganz. Aber es färbt nun mal ab, wenn verschiedenste Menschen auf einem lagen und nachts ihre Träume bei mir hinterließen.

Eine meiner besonderen Eigenschaften: Ich habe gelernt, Einblick in das Menschenleben zu bekommen. Vor dem Fernseher hatte ich immer den besten Platz, außer als Tom seine Füße beim Fernsehen vor meine Augen hielt. Das hat er nicht mit Absicht gemacht, die Menschen wissen gar nicht, dass ich Augen und Gefühle habe. Ich zeige ihnen das nie. Das ist aber auch nicht meine Aufgabe. Meine Aufgabe ist es, zum Sitzen, Schlafen und Entspannen zu dienen. Das ist aber auch gut so, denn das tue ich gerne. All die ganzen Jahre.

■ KATHARINA JOSEPH

Ich, die Gurke —

Möhren sind doof. Sie sind orange und hart und haben kein Herz. Gurken sind toll. Sie sind grün (was übrigens die tollste Farbe auf Erden ist!), weich und lecker. Wer hätte da schon gedacht, dass ich eine Gurke bin! Bei den Möhren beißt sich ja jeder die Zähne aus, und das ist Futter für Kaninchen. Wir sind Futter für gebildete Gemüsefresser, denn wir Gurken sind gebildetes Gemüse! Na ja, was soll man sonst noch sagen? Ich bin groß, grün und gebildet und sehr lecker (obwohl die Vorstellung, zerkaut und zerbissen zu werden, nicht gerade die allerschönste ist!). Okay, Gurken sind Kult und Gurken mag jeder (außer man ist gegen uns allergisch, aber wer ist schon gegen Gurken allergisch?). Was soll man über uns auch schon Tolles erzählen, welches normale Kind weiß nicht, was eine Gurke ist? Unser Leben ist auch nicht besonders interessant. Wir leben für die Menschheit. Wir leben dafür, gegessen zu werden (nicht jede Spezies kann sagen, dass sie ihren Sinn des Lebens kennt!). Wir Gurken sind schon ein tolles Völkchen und zu jedem Essen passend. Wir sind einfach perfekt! Schade ist nur, dass wir größtenteils ein viel zu kurzes Leben haben. Manche bleiben im Kühlschrank so lange liegen, bis sie vergammelt sind. Die sterben dann sozusagen an Altersschwäche. Eigentlich die schönere Art, um zu sterben. Aber ich bin noch jung und knackig (was für ein Wortwitz), und mein Leben ist noch (hoffentlich) lang. Vielleicht lässt man mich auch vergammeln und schmeißt mich in den Biomüll. Was dann mit mir passiert, weiß ich nicht. Aber wie ich die Menschen kenne, kann es nichts Schönes sein. Doch erstmal muss ich von wem gekauft werden und dann werde ich wohl meinem blutigen Schicksal ins Auge sehen (wir haben Blut, das so gut wie nur aus Wasser besteht; es sieht zumindest so aus, aber es ist auch ein bisschen grün, denke ich...). Na ja, das war's von mir. Ich sag ja: Das Leben einer Gurke ist nicht sehr spannend, aber besser als das von so einer dämlichen Möhre! Ich sag nur: Weltfrieden und Gurken regieren die Welt!

■ **MIRJA RÜCKFORTH**

Der Baum —

Mein Leben begann, als ich noch ein einsamer Baum im Wald des südlichen Harz war. Ich hab leider keine Fotos mehr von früher. Trotzdem kann ich mich gut daran erinnern. Jeden Tag stand ich dort und versuchte, mich am Rücken zu kratzen. Ja, sehr wohl haben Bäume einen Rücken. Das ist nämlich die Seite, die bemoost ist. Das Kratzen gestaltete sich äußert schwierig ohne bewegliche Extremitäten, obschon ich ungefähr 501 Astärmchen habe. Die Schulausbildung für Bäume ist sehr begrenzt, und für die Baumschule war ich zu hässlich. Vielleicht, dass ich ab und zu einen Rechtschreibfehler mache. Ich bin kein Legastheniker und habe auch keine besondere orthografische Störung, doch ist es schwierig, etwas zu lesen, das nicht in einem Buch steht. Denn diese armen kleinen Bäumlein, die nur gefällt werden, um daraus Bücher produzieren, tun mir ernsthaft Leid, deshalb lese ich keine Bücher. Außer, die aus Recyclingpapier produziert wurden, es ist jedoch nicht so einfach, als Baum ein solches zu bekommen. Ich hab auch versucht, mich in einer Organisation für Baumschutz anzumelden. Doch ich konnte leider das Formular nicht absenden, und ein Fax haben wir hier nicht. Eines Tages, ich glaube, es war ein Mittwoch, kann aber auch ein Donnerstag gewesen sein, kam ein Rüdiger. Schwierige Spezies, das ist diese Art Mensch, die Bäumen absichtlich wehtut oder dazu gezwungen wird. Immer, wenn er kam, fluchte er zu sich selbst. Er dachte nämlich, dass ich nicht reden könnte, und dabei äußerte er, dass die Vollstreckungsbehörde ihn wieder

so weit gebracht habe, dass er mit Holz aus dem Wald heizen müsste. Lange fragte ich mich, was die Vollstreckungsbehörde sei. Aber als ich einmal ein emotional geladenes Gespräch eines Liebespaars belauschte, indem ein Satz mit den Worten *Tod*, *USA* und *Vollstreckung* fiel, war ich mir sicher, dass diese drei Begriffe den Exitus beschreiben. Nun war mir alles klar. Ich versuche, ab jetzt immer auf die LKW, auf denen USA steht, zu spucken. Klappt zwar nicht, hab nämlich keinen Mund, aber auch ein kleiner Baum wie ich muss sich Ziele setzten. Ein paar Wochen später kam wieder so ein Rüdiger, der mit einem scharfen, sich bewegenden Ding auf mich los ging. Ich glaube, dieses Ding heißt Säle, Säge oder so. Als er immer näher kam, wollte ich mich hinter einem Strauch verstecken. Funktionierte leider nicht, weil ich nicht so flexibel bin. Danach hatte ich einen Blackout. Irgendwann landete ich dann hier. In diesem eckigen Format und einem anfangs schönen, doch mit der Zeit immer hässlicheren Grünton. Und mit so einem Griff. Zuerst dachte ich, hier wäre Karneval, und ich wäre verkleidet. Aber bald war mir bewusst, dass das hier gar nicht lustig ist und auch kein Karneval. Früher hatte ich noch schöne Hobbys, wie zum Beispiel mich am Rücken kratzen. Heutzutage werde ich nur noch geschlagen, nämlich auf und zu. Die sind hier alle nicht sehr nett. Ich möchte zurück zu meiner Mami. Warte mal, ach vergessen, ich hab keine Mutter, bin Waise oder so. Hab schon über ein Dutzend Mal versucht mich umzubringen, indem ich zum Beispiel ganz lange auf einen Punkt an der Wand starrte, da mir mal jemand gesagt hatte, man würde vor Langeweile sterben können. Ich sag's, dass ist eine glatte Lüge. Ich bin der lebende Beweis. Mit Tabletten habe ich es auch schon versucht, hab aber leider keinen Mund. Jetzt bete ich jeden Tag, dass ich irgendwann auf den Sperrmüll komme. Nicht zu sterben und ewig leben zu müssen, ist der schlimmste Fluch, den man einem wünschen kann. Ehrlich, ich weiß es.

■ FABIAN FALKENBACH

Das Leid eines Teebeutels —

Langweilig ist das hier in der Schachtel. Auf engstem Raum mit vielleicht einem Dutzend anderer meiner Gattung. Und dann kommt da noch der beißende Geruch von Fenchel dazu, der dauernd in meiner Nase herumschwirrt. Ich wäre viel lieber ein Früchtetee geworden. Aber nein, es musste ja unbedingt Fenchel sein. Jetzt kann ich mich noch nicht mal selber riechen.

Mein Uropa, der große Teebeutel von Kirschvanillehausen, der hatte es gut. Zusammen mit anderen Teebeuteln verschiedener Sorten ruhte er in einer großen Teebeutelholzkiste, die extra für die Unsrigen angefertigt worden war. Bis zu dem Zeitpunkt, an dem er ins heiße Bad kam.

Ja, das heiße Bad ist so eine Sache. Ich kenne keinen Tag, an dem nicht darüber geredet wird.

Jeder fragt sich, wie sein Bad wohl aussehen wird.

Mein Uropa ging mit seinem Bad in die Geschichte ein. Er war der erste Teebeutel zwei verschiedener Sorten. Ich jedoch werde wohl von irgendeinem aus dem Mund säuerlich stinkenden Wesen getrunken, das mich innerhalb der nächsten Stunde eh wieder ausspucken würde. Ein nicht gerade würdevoller Abgang.

Ja, wir Fenchelteebeutel gehören echt zur untersten Schicht. Oder kennst du jemand, der Fencheltee als Delikatesse betrachtet?

Ich spüre ein Rumpeln. Ein Erdbeben? Jemand öffnet den Deckel.

Juhu! Frische Luft! Doch da habe ich mich zu früh gefreut. Eines dieser aus dem Mund säuerlich stinkenden Wesen guckt in die Packung. Der beißende Gestank brennt in meinen Augen. Zwei überdimensionale Streichhölzer packen mich an meinem Zipfel.

Nein, das darf doch nicht war sein. Nie hätte ich gedacht, dass mein unwürdiger Abgang schon so nah ist.

■ JANA CRON

Die letzten Stunden —

Ich glaube, ich muss nicht groß erläutern, warum es einen unglücklich macht, wenn man zuhören muss, wie sich jemand über deine Beseitigung unterhält. Der Tag ist ohnehin schon gelaufen, es regnet nämlich. Ich hasse Regen. Nicht etwa, weil es nass ist (obwohl ich auf Feuchtigkeit auch nicht besonders scharf bin). Bei Regen gehen die struppigen, eingebildeten, fetten Kratzviecher nämlich nicht nach draußen. Das ist unpraktisch, aber sie sind ja wasserscheu. Mein ganzes, wunderschönes Polster aus zarter Baumwolle (ich komme aus Bangladesch) haben sie mir zerfetzt. Und in jeder Hinsicht bin ich der Leidtragende. Mittlerweile wird sich nicht einmal mehr darüber beschwert, wenn sich »Katerchen« an mir die Krallen geschärft hat. An mir, dem »hässlichen, kratzigen, uralten Sofa«, wie sie mich nennen. Das ist auch der Grund, warum sie mich abschaffen wollen. Und falls es irgendjemanden interessiert: Ich fühle mich zum Kotzen! So, das musste mal gesagt werden.

Sie sitzen mich platt. Gerade im Moment zumindest. Das tun sie vergleichsweise häufig und man kann sich vorstellen, was ich schon alles aushalten musste (ich möchte da lieber nicht ins Detail gehen). »Sperrmüll ist erst nächste Woche«, sagt die Hausfrau. Sie heißt Ann-Katrin und wünscht sich eine Ledercouch. Ich halte übrigens nichts von Leder. Ledersofas sind meistens enorm stolz und das kann auf Dauer nervig werden. Die Fernsehsessel neben mir sind neu. Sie kommen aus Japan. Ich habe sie »Eins« und »Zwei« genannt, weil mir nichts Besseres einfiel. Sie sind erst seit zwei Monaten hier und ich kenne sie noch nicht so gut. »Au Hur, die solln sich ma über ne neue Glotze unterhalten!«, schnauzt Zwei. Er hat sich darauf spezialisiert, alles andere langweilig zu finden. Eins ist da ein bisschen feinfühliger. Sie hofft, dass Ann-Katrin sich etwas mehr durchsetzten kann. »So ne coole Couch wie die aus der Designerabteilung wär echt krass!«, säuselt sie. Offenbar findet Zwei die Vorstellung nicht so toll. »Alter, nee, auf den Spasti kann ich verzichten.«, meint er. Der Fettklops, der sich auch auf mir niedergelassen hat, kämpft sich hoch, und ich entspanne mich ein bisschen. So viel Gewicht kann mein Gestell einfach nicht mehr tragen. Zwei stöhnt, als sich der Dicke auf ihn fallen lässt. »Ah, eine Wohltat!«, seufzt dieser. »Ich kann den Moment kaum erwarten, an dem dieses alte, ranzige Teil an der Straße steht!« Woraufhin ich wieder in mich zusammensinke. Meine Federn sind alt und schmerzen. Ich merke schon, wie meine Jahre an mir zerren. Mein Stoff ist spröde und kaputt, bemalt von kleinen Kindern und hat schon den einen oder anderen Kakaofleck. Aber die Hausfrau und der Fettklops scheinen das nicht zu berücksichtigen. Ihnen ist es auch egal, dass ein neues Sofa dumm ist und keine Erfahrung hat, und erst recht nicht meine Weisheit. Jetzt fangen sie auch noch an, über meinen Geruch herzuziehen. Dabei pflegen sie mich seit Jahren nicht mehr so, wie sie es sollten. Ich würde ihnen gerne sagen, dass sie das selbst Schuld sind. Sie haben das Erbrochene nicht richtig ausgewaschen, als es noch frisch war und sie haben meinen Stoff nicht regelmäßig behandelt. Aber ich bin nur ein altes Sofa. Ich kann mich nicht beschweren. »Mein Beileid!«, sagt der Wandschrank. Er weiß genau, dass er einer der nächsten sein wird.

■ HANNA HOPPMANNS

Herren-Gemeinschaftsdusche —

Oh nein, da kommt wieder einer. Wie ich das hasse.

Oh entschuldigen Sie bitte, ich habe vergessen mich vorzustellen... Mein Name ist Flupp, ich bin eine Herren-Gemeinschaftsdusche in einer Jugendherberge. Obwohl, von Herren kann man nicht reden. Die, die hier hereinkommen sind halbwüchsig, picklig und pubertierend. Kein wirklich schöner Anblick.

Oh Gott, wieder einer der ganz schlimmen Sorte. Können die nicht einmal mit Kleidung duschen? Oder wenigstens so ein Höschen anlassen? Wenn andere dabei sind, tun sie's doch auch. Die sollen mal an die armen Duschen denken!

Uiuiui, der hat aber 'n paar Pfunde zu viel. Junge, hast du noch nicht gemerkt, dass bei dir das große Längenwachstum noch nicht eingesetzt hat und dein Körper deine Fressanfälle deshalb nicht ausgleichen kann? Anscheinend nicht, der kaut ja immer noch.

Nein! Bitte zieh dich nicht aus, ich habe heute besonders schlechte Laune, sonst kriegst du nur kaltes Wasser! Obwohl, dann kommt wieder so ein Typ in Latzhose, der mich schlägt und aufdreht...

Okay, komm rein, aber dreh dich bitte um. Wieso wollen sich Jugendliche beim Duschen immer zur Wand drehen und nicht zum Vorhang? Der ist sogar orange, und nicht grau, wie die Wand.

Brrrrr, jetzt werde ich nass. Ein Heißduscher, und das, wo es hier sowieso schon so warm und stickig ist. Ich gehe ein.

Aaaaah, bitte hör auf, hör auf! Hallo, du kannst nicht singen! Fühl dich nicht so allein und halt die Klappe, sonst gehe ich laufen. Sei still!

Ach, hätte ich doch Hände, dann könnte ich mir wenigstens die Ohren zuhalten, aber so...

Mein Gott, der kommt in die Sammlung der besonders schlechten Sänger.

Au! Jetzt tritt nicht auch noch auf mir herum. Du bist schon fett wie ein Schwein, da musst du nicht auch noch versuchen, im Takt irgendein neues Technolied zu stapfen.

Jetzt kommt das Shampoo. Uuuh, der ist auch noch eitel. Markenshampoo, mit Pflegeextrakten und gleich eine Spülung noch hinterher.

Mister Fettleib ist eitel wie eine Damendusche, dabei hat sein Haar eine Länge von einem halben Zentimeter. Außerdem hasse ich Shampoo, das ist so glitschig. Und wenn man Pech hat, rutscht der Duscher auch noch aus, legt sich mit einem Platsch auf den Boden, der Kopf knallt dumpf gegen die Wand und er schreit, wobei seine sich im Stimmbruch befindende Stimme auch noch bricht und ab und zu hohe Quietschtöne von sich gibt. Danach kommen dann ganz viele Menschen, und er wird abtransportiert. Und diese Menschen werfen mir auch noch so böse Blicke zu, als wäre ich alles Schuld. Hallo? Ich bin nur eine Dusche, völlig bewegungsunfähig, wie soll ich da einen Jungen umwerfen!

Puh, er steht noch und das Shampoo ist abgewaschen, bald hab ich es geschafft.

Aber freu dich nicht zu früh! Jetzt hätte ich gerade besser die Augen geschlossen, er hat sich nämlich zum orangen Vorhang gedreht und jetzt prangt mir dick und rot ein fetter Pickel auf seinem Hinterteil entgegen. Nein danke, mein Job ist wirklich der letzter Sch…, ehm Mist.

Ich wäre lieber eine Damendusche, da bekommt man wenigstens was Gescheites zu sehen…

Hier schließt man besser die Augen. Ja, das werde ich das nächste Mal tun. Da kann man nie etwas falsch machen. Aber die Neugier…

Naja, ihr seid in Ordnung finde ich, müsst ja nicht gleich duschen kommen, aber war nett, mit euch zu plaudern.

Euer Flupp

■ EVA WEISSHAUPT

Das ewig schmerzhafte Leben eines armen alten Sofas —
Menschen können ja so unachtsam sein. Mal ganz ehrlich! So etwas soll das klügste Wesen überhaupt sein! Die haben noch nicht einmal bemerkt, dass ich hören oder reden kann.

Vor etwa einem Jahr war ich ein stattliches Sofa, weich mit schönem, wohlduftenden Lederbezug. Doch die Kinder in meiner Familie haben mich teilweise auseinander genommen. Das nennt sich, wie ich gehört habe, Spielen.

Und der Vater! Jeden Montag-, Dienstag-, Mittwoch-, Donnerstag-, Freitag-, Samstag- und Sonntagabend lässt er seinen hundertzwanzig Kilo schweren Hintern auf mir nieder, um sich nur zu erheben, wenn er sich hundert Tüten Chips holt, um sie auf mir zu verschlingen, und ich merke, wie er auf mir immer schwerer wird. Ich versuche, meine Tränen zu unterdrücken, aber spätestens am Donnerstag breche ich in Tränen aus.

Ihr werdet mir vielleicht nicht glauben, aber auch ein Sofa hat Gefühle. Aber der Vater zeigt nicht ein bisschen Mitgefühl. Der gibt nur wieder so eine freche Bemerkung von sich: »Das Sofa knarrt schon wieder. Wird Zeit, es abzuschaffen und uns ein neues zu besorgen.« In solchen Zeiten frage ich mich ernsthaft, wer diesen Kerl eigentlich erzogen hat. Jetzt, wo ich darüber nachdenke, meine ich, er wurde wahrscheinlich gar nicht erzogen. Zu dumm für mich.

Über die Frau kann man sich eigentlich nicht beschweren, abgesehen davon, dass sie sich zu fein ist, ihre treuen Möbel einmal im Monat zu säubern. Auf mir hat sich eine fünf Zentimeter hohe Schicht von Staub, Chipskrümeln und irgendetwas gesammelt, das der Jüngste sich andauernd aus der Nase puhlt und an mir abreibt. All das verstopft meine Poren, aber es scheint ja niemanden zu interessieren, dass ich ernsthaften Ausschlag und sonstige Hautprobleme bekomme ...

Die Zimmergenossen sind auch nicht die freundlichsten. Die Stühle sind eingebildet, der Tisch ist verrückt, der Schrank kann nichts, außer dumme Sprüche klopfen, und die Bücher sind furchtbar altklug. Gesprochen wird untereinander nicht viel. Es wäre schön, ein zweites Sofa in der Nähe zu haben. Aber wie gesagt, für mich interessiert sich ja keiner.

Adios Freunde! Hoffen wir, dass Menschen irgendwann lernen, wie man mit seinen Möbeln umzugehen hat.

■ THEKLA HAMM

Liebe

Lässt intensive Empfindungen bedächtig erleben
Lässt intime Ebenen bereisen, erkunden
Lässt irdische Existenz banal erstarren
Liebe ist eine Bahnreise. Eben
Liebe ist Empfindung bedrückter Erkenntnis
Liebe ist ein Bedürfnis. Es
Lässt innere Erkenntnis berufen. Evolutionär
Liebe ist ein Bauplan, existenzbegründend
Lässt irrsinniges, erfolgloses Benehmen erklären,
Lächelmund innerer Erlebnisse bedrückt erkennen.
Liebe ist ein Band Erlebnisse
Liebe ist evolutionärer Bananenbrei. Eben nur!

■ FABIAN FALKENBACH

Liebe

Liebe Initiative ergreifen, beobachten eines
Leibgenossen. Imponieren eindeutig, berühren erstmalig,
liebevolle idyllische Entwicklung besonderer Ergänzungen.
Liebe ist einander begehren, eben
leben in einer Behausung,
lachen in einer Bar, einmalige
Last in Ewigkeiten, Beschwerden einfach
lösen, intuitiv, eigenwillig-beisammen-einstimmig!
Liebe immer: einmalige besondere Erlebnisse!

■ KATHARINA JOSEPH

Liebe

Liege in einer blassen Eibe.
Liebster Igor, Einziger, bin einsam!
Liebster Igor, es brennt, es
Lacht in ernster, blauer Ewigkeit.

■ HANNA HOPPMANNS

Film

Fantasievoll. Interessant. Lebendig. Menschen
fast immer leidenschaftlich. Mut.
Flucht in lästigen Momenten.
Furcht. Intrigen. Lust. Macht
Fantasievoll. Interessant. Lebendig.

Aachen

Aachen. Attraktiv. Chaotisch. Historisch. Ein netter
Ausflugsort. Aachener CHIO eine nennenswerte
Attraktion. Auch Carolus-Thermen. Etwas Neues
ausprobieren. Attraktiv. Chaotisch. Historisch.

■ JANA CRON

Aachen

Ach Aachen, coole Heimatstadt: Elisenbrunnen, Nussprinten
Aachener Dom, Altstadt, CHIO, Hangeweiher, Elisabethhalle,
  Nikolauskapelle.
Aller Aachener Charme hält ewig. Nobles
Aachen, altes, cafésüchtiges, heiteres, edles, nettes
Aachen. Auch Carolus hat erfreut. Natürlich!
Aachen Alaaf, coole Heimatstadt. Ende nie!

■ THEKLA HAMM

Musik

Musik und Sein, in Kälte

Muss uns sagen, irgendwie, kann

Meine Unsicherheit spüren, irgendwie, kalte

Musik und Stille im Kehrwasser

Meinung, unser Sinn ist kalte

Musik, unser Schreien, irgendwie, kann

Manchmal ungesehen sprechen, Kälte

Musik, ungehörte, schreiende, irgendwie

■ CORINNA BARKHAUSEN

Musik

Musik unterstreicht sonderbare innere Klänge

Mit unterschiedlichen Sinnen ihrer Kraft

Musik uns suchend im Kern

Malt und spielt im Kreislauf

Meiner unbekannten Schätze innerer Kraft

■ EVA WEISSHAUPT

Tanz

Toben! Anschnallen nicht zulässig!
Tanzen, aber nur zusammen!
Tanzen allein nimmt zunehmend
Tempo. Aber nachts zusammen
Tanzen – atemberaubend!

Film

Farce, Intrige, Liebe, Mord.
Facettenreich, intelligent … lahm, madig
Film ist Literatur mal
fehlerhafte Interpretation – lieber mal
freitags ins Lustspiel!

■ MASHA SHAPIRO

TANZ DER VOKALE

Kuss & Schluss
Du zuckst
Du duckst
Du brummst

Und nun?
Nur Frust
Du musst!
Suchst Ruhm …

Du turnst
Du ruckst
Und tust
Und spuckst
Du rufst

Du lugst …

Zu dumm …
Du Wurm!

Nun: Kuss
Wumm!
Schluss!
Nun ruhst du stumm / du ruhst

■ MASHA SHAPIRO

BSI

Rind isst
Rind trinkt
Rind stinkt
Rind spinnt
Rind stirbt

■ MIRJA RÜCKFORTH

Gott und der Papst

Frank: Gras, ja das macht Spaß
Ach, das war klar
Papst war da
Nackt, aalglatt
Sag, Papst, sag

Papst: Schlacht, ja,
Acht Jahr lang
Da sah Allah
Als Pyjama am Lama
Pyjama sprach:
Alaaf, tat fatal, ja ja, ja ja
Mann, Spaß das war
Na ja, war falsch

■ FABIAN FALKENBACH

Schloss.
Lord wohnt
Lords Sohn wohnt

Lord tobt
Koch kommt
Lords Wort:
Sohn doof
Sohn tot

Koch kocht
Mond kommt
Sohn kommt
Koch holt Dorn

Schloss
Lord lobt Koch
»voll toll, Mord«
Koch stolz

»Hol Obst, Koch«
Koch holt

Sohn kommt
Sohn holt Lord
Lord: ooooooh

■ HANNA HOPPMANNS UND CORINNA BARKHAUSEN

Kuh trug Schuh
Knut sucht Schuh
Knut ruft: Huhn! Schuh?
Knut sucht Schuh
Huhn sucht Schuh
Huhn ruft: Hund! Schuh?
Knut sucht Schuh
Huhn sucht Schuh
Hund sucht Schuh
Hund ruft: Kuh! Schuh?
Kuh trug Schuh

■ JANA CRON

Turmsturz

Turmsturz
stumm wumm
wurum?
Knut Kuss und Schluss
Knut sucht Schlucht
und Flucht
Duft und Gruft
Wut und Mut
Knut jung und dumm
ruckt und zuckt
Muff und Suff
Blut um Mund
Turmsturz

■ KATHARINA JOSEPH

Anna sagt »Aaaaaa«
Mama lacht
Das macht Anna krank
Papa sprach macht
Mama ward krank
Als sah, dass Anna war blass
Papa sah das
Papa ward blass
Danach ward Papa krank
Anna krank
Mama krank
Papa krank
Das war ganz fatal
Lara kam, 'n banaler Tyrann
Macht blabla
Haha!
Anna lacht!
Mama lacht!
Papa lacht!
Lara: Jaaa, was war geschafft
Kam 'n Anfall, war krank.
Franzl kam, Schnaps am Arm
Anna trank Schnaps
Mama trank Schnaps
Papa trank Schnaps
Lara trank Schnaps
Franzl trank Schnaps
Jaaa das macht warm!
Ja man sang, macht Spaß, tanzt Salsa
Alles war ganz klar!

■ EVA WEISSHAUPT

Huhn duscht
Huhn muss zum Zug
Ruck-zuck!
Huhn tut Spurt
Und nutzt Bus
Sucht Uhr – ups!
Null Zug, null Flug
Zu dumm!
Huhn flucht

■ HANNA HOPPMANNS

Echte Erde

Bester Segen,
Menschenleben,
Herzenskern,
Jedem Wesen
Letzte Welt…
Erde,
Echte Erde.

■ THEKLA HAMM

VOM SCHAUKELN AUF DEM REFRAIN

Alltag im Alter

Die ganze Zeit läuft der Fernseher
Sie hört gar nicht mehr richtig hin
Die Beine schmerzen ihr so sehr

Die ganze Zeit läuft der Fernseher

Alles andere fällt ihr schwer
Nichts mehr hat für sie einen Sinn

Die ganze Zeit lief der Fernseher
Sie hörte gar nicht richtig hin

■ KATHARINA JOSEPH

Ein Blick

Ein Blick aus dem Fenster, eben
Ein winziger Regentropfen
Auf dem Blatt erweckt zum Leben

Ein Blick aus dem Fenster, eben

Die Vögel am Himmel schweben
Am Fenster: Man hört es klopfen

Ein Blick aus dem Fenster, eben
Leben bringt ein Regentropfen

■ KATHARINA JOSEPH

Lesefreundschaft

An jedem Tag um zehn nach drei,
sitzt sie dort, sie sitzt allein.
Ich geh öfters an ihr vorbei

an jedem Tag um zehn nach drei.

Sie sitzt dann dort, liest allerlei
und winkt mir, gehe ich vorbei.

An jedem Tag um zehn nach drei:
Sie saß dort, nun wir zu zwein.

■ THEKLA HAMM

Erdbeer'n wachsen im Garten,
die wirklich jedem gut schmecken.
Wir könn' zum Essen kaum warten.

Erdbeer'n wachsen im Garten.

Sie rot mitten im Strauche stecken
und locken die kleinen Schnecken.

Erdbeer'n wuchsen im Garten.
Nun sind sie weg. Das heißt wohl: Warten!

■ THEKLA HAMM

Trennung

Er dreht sich um und geht davon.
Sie ist verletzt, doch merkt es nicht.
Sie sprach: Es ist vorbei, Garçon!

Er dreht sich um und geht davon.

Er weiß auch, es gibt kein Pardon.
Es ist vorbei, sie will es nicht.

Er drehte um und ging davon.
Sie weiß noch nicht: Er gab ihr Licht.

■ EVA WEISSHAUPT

Der Turm von Pisa

Der Turm von Pisa bricht grad ein.
Nanu, wer hätte das gedacht?
Ein Wurm wollt' 'mal darunter sein.

Der Turm von Pisa bricht grad ein.

Er war schon schief, doch jetzt soll's sein,
dass er halt umfällt über Nacht.

Der Turm von Pisa fällt grad um.
Der Wurm hat's ganz schön weit gebracht.

■ EVA WEISSHAUPT

Die Schaukel

Auf meiner Schaukel sitze ich,
sie knarrt und ist ein altes Ding.
Wie alt sie ist, das weiß ich nich'.

Auf meiner Schaukel sitze ich,

wie lang sie lebt noch weiß ich nich'.
Doch sie ist mein größter Liebling.

Auf meiner Schaukel, da saß ich:
Ein Haus steht dort jetzt wo sie hing.

■ MIRJA RÜCKFORTH

Der Hecht

Mein bester Freund, der tolle Hecht!
Ich mag ihn sehr, auch wenn er spinnt.
Doch lustig ist er, das mal echt.

Mein bester Freund, der tolle Hecht!

Und immer meint er, er hat Recht,
und dass beim Spiel nur er gewinnt.

Mein bester Freund, der tolle Hecht!
Jetzt ist er weg, und das ist schlecht.

■ MIRJA RÜCKFORTH

Kleiner, grüner Apfel

Der Apfel, der ist klein und rund.
Er ist der grünste, allemal
und rundherum ganz kerngesund.

Der Apfel, der ist klein und rund

und innen drin ist er sehr bunt.
Ihn nicht zu essen, eine Qual.

Der Apfel, der war klein und rund,
geworden ist er nun zum Mahl.

■ MIRJA RÜCKFORTH

Die Pest des 21. Jahrhunderts

Kapitalismus an die Macht
Christliche Tugenden sind out
Menschlichkeit verloren, gebt Acht

Kapitalismus an die Macht

Nächstenliebe ade! Teufel lacht
Zahlen apokalyptischer Maut

Kapitalismus hat die Macht
Christliche Tugenden werden out

■ FABIAN FALKENBACH

Ich spüre feucht die Sommernacht
Die Stadt ist warm und alt und leer
Der Regen rieselt kühl und sacht

Ich spüre feucht die Sommernacht

Die Freiheit schmeckt nach Luft und Meer
Schwebt barfuß über den Asphalt

Ich spüre feucht die Sommernacht
Die Stadt ist warm und alt und leer

■ HANNA HOPPMANNS

Ich wünschte mir, ich wär' ein Fisch
Das wäre irgendwie grad besser
Dann müsste ich jetzt sicherlich

Ich wäre gerne schnell ein Fisch!

Nicht untergehn, wie ärgerlich
In diesem trostlosen Gewässer

Ich wünschte mir, ich wär' ein Fisch
Das wäre irgendwie grad besser

■ CORINNA BARKHAUSEN

Windsurfer
Er hält sich fest, fliegt mit dem Wind
Das grelle Sonnenlicht im Auge
Er blickt zurück, zum Strand, sieht mich

Er hält sich fest, fliegt mit dem Wind

Das Brett trägt ihn, leicht wie ein Kind
Ein Punkt am Horizont, am blauen

Er hält sich fest, fliegt mit dem Wind
Das grelle Sonnenlicht im Auge

■ MASHA SHAPIRO

Der Leser

Eintausend Seiten birgt das Buch
Ein neu erschienenes Geheimnis
Das Ende naht, der Leser sucht

Eintausend Seiten birgt das Buch

Der Leser ist verwirrt, er flucht
Nur langsam reift da die Erkenntnis

Eintausend Seiten birgt das Buch
Ein frisch gelüftetes Geheimnis

■ **MASHA SHAPIRO**

Straßenrand

Ein Blümlein stand am Straßenrand
So ganz allein und schutzlos
Bis ich es an der Straße fand

Ein Blümlein stand am Straßenrand

Ich nahm das Blümlein in die Hand
Sie bot ihm Schutz, denn sie war groß

Ein Blümlein stand am Straßenrand
Ich pflanzte es in meinen Schoß

■ **JANA CRON**

Die falsche Liebe

Fliegt wieder fort, ihr Träume meiner Seele
Jene Nacht hat Neugier in mir entfacht
Ihr Gesicht, Sammlung von Parallelen
Das Konzert meiner Gefühle, wenn sie lacht
Nur ein Moment im Licht des Halogenen
Meine Ewigkeit, die knechtende Macht
Es ist Liebe meist, die mein Herz zerbeißt
Ich denke, dass du nicht eine solche seist

■ FABIAN FALKENBACH

Bunter Ballon, du kommst mir zugeflogen,
ich sehe, wie der Wind dich zu mir bringt.
Fliegst vorbei am leuchtenden Regenbogen
Und auch an Tim, der grad ein Liedchen singt.
Du willst zu mir, willst es ganz ungelogen.
Da werd ich abgelenkt. Der Wind, er schwingt
dich wieder zum leuchtenden Regenbogen:
Bunter Ballon, du kamst mir zugeflogen.

■ JANA CRON

Du gibst auf mich acht

Zugeflogen kam mir eine Sternschnuppe
ganz einsam in der dunklen, kalten Nacht.
Ich lag gerade im Bett mit meiner Puppe
als sie herunter fiel, ganz still und sacht.
Ich lächelte, als ich zum Himmel guckte:
Ich denk an dich, Oma. Du gibst auf mich acht.
Ich schließ die Augen und träume von dir
und weiß: In Gedanken bist du hier.

■ JANA CRON

In tiefem Dunkel auf mich zugeflogen,
Getrieben von Winden aus fremder Welt,
Getragen von sanft luftigen Wogen,
Gekommen mit Licht, das Dunkel erhellt,
Geritten auf einem Regenbogen,
Geführt von dem endlosen Sternenzelt,
Um zu nehmen fort all meine Sorgen:
Im tiefen Dunkel auf mich zugeflogen.

■ THEKLA HAMM

Im Wind gekommen, diesmal zugeflogen
Gewartet wieder tausend Jahre lang
Gehofft, und einmal nicht vorbeigezogen
An diesem Tag fühl ich den Mondaufgang
Zugeflogen, heute nicht gelogen
Zugeflogen, diesmal, einmal, Neuanfang
Im schwarzen Tag, für ewig schon gefangen
Zugeflogen, fortgegangen

■ CORINNA BARKHAUSEN

Verlorene Hoffnung, verlorenes Leben

Vor langer Zeit sah ich dich vor mir sitzen
Dein Haar so schön und dunkel wie die Nacht
Berührtest es mit deinen Fingerspitzen
Versunken war ich, wie ich dich betracht'
Ach würd' ich dir doch gegenüber sitzen
Und wüsst' ich schon, das Glück hat dich gebracht
Wie damals hatte ich noch nie empfunden
Doch Hoffnung hat mich an mein Sein gebunden.

■ EVA WEISSHAUPT

Gedanken kamen leise zugeflogen
Schwere Herbstluft trug die Worte weit
Über Städte, Meere, Wellen, Wogen
Wem sie folgten, hatte sich befreit
Wolke hat den Himmel zugezogen
Wie ein Virus, der von unten schreit
Die Möwe hat die Welt zu Füßen liegen
Und die Gedanken lehrten mich zu fliegen

■ HANNA HOPPMANNS

Dein Lächeln kam mir gestern zugeflogen
Ich konnte es erst gar nicht wirklich glauben
Ich sah dich oben, dort, am Himmelsbogen
Dein Lächeln kam, um mir mein Herz zu rauben
Und flog mit mir hinauf zum Regenbogen
Wir flogen hoch und höher wie die Tauben
So wunderschön war dieser Augenblick
Es gab nur dich und mich und kein Zurück

■ KATHARINA JOSEPH

Eines Tages kamst du mir zugeflogen
Wie ein Vogelküken von einem Baum
Du bist geblieben und hast mich betrogen
Das werd ich dir wohl nie verzeihen, kaum
Warum nur hattest du mich angelogen?
Zwischen mir und dir ist nun so viel Raum
Du hast mich verlassen, wegen wem anders
Doch ich leb weiter, denn ich weiß, ich kann das

■ MIRJA RÜCKFORTH

Das schwarze Kleid, zugeflogen kam es mir
Du wirst kommen, um es dir zu holen
Ich weiß das, denn das Kleid gehört dir
Doch es liegt schon auf glühenden Kohlen
Zusammen untergehen werdet ihr
Ich schleiche zu dir, auf leisen Sohlen
Rache ist süß, Madame, süßer als süß
Gleich bist du tot und dann hast du's gebüßt

■ MIRJA RÜCKFORTH

Wintersee in Eis
Bleibt immer schlafend und kühl
Einsam gefroren

    Einsam gefroren
    Geh schwere stille Wege
    Finde nie zurück

Finde nie zurück
Durch die Dunkelheit der Nacht
Stille Einsamkeit

    Stille Einsamkeit
    Umhüllte mich schon lange
    Bis zu jener Nacht

Bis zu jener Nacht
Die schlimmste meines Lebens
Als er mich verließ

    Als er mich verließ
    Fühlte ich mich so allein
    Stille Einsamkeit

Stille Einsamkeit
Zeit 'nen neuen zu suchen
Abwechslung wichtig!

    Abwechslung wichtig!
    Mehr Spaß im Leben. Ich streich
    Die Eintönigkeit

Die Eintönigkeit
Ist schlimm und langweilig
Mehr Aufregung!

■ CORINNA, HANNA, MIRJA, MASHA, EVA, KATHARINA, FABIAN,
THEKLA, JANA   *(Kettenhaiku)*

DIE FORTSETZUNG DER GESCHICHTE
MIT EIGENEN MITTELN

Vergiss mein nicht —

ES WAR WINTER. WIR STANDEN AN DER HALTESTELLE UND WARTETEN
AUF DEN BUS. PLÖTZLICH hörten wir einen Laut. Ein eigenartiges Geräusch, dessen Herkunft wir nicht kannten und dessen Grund wir nie
verstehen, bestenfalls fühlen können.

Dort lag er. Wir kannten seinen Namen, seine Identität, Hoffnung
und Träume nicht. Doch eins wussten wir nun: Er war tot. Gestürzt aus
dem vierten Stock des Hauses mit der Nummer 23. Es war ein dunkles,
von den Strapazen des Lebens, von Not und Hass gezeichnetes Ge-
bäude.

Sofort kam Polizei um zu klären, ob dies ein Suizid, ein Mord oder
nur eine Körperverletzung mit Todesfolge war. Doch jeder ging davon
aus, dass es ein hässlicher Suizid war. Ob es einen schönen Suizid gibt,
mag man sich fragen. Vielleicht nicht schöner, aber auf jedem Fall
visuell harmloser ist der Tod durch Tabletten. Doch vielleicht wollte
dieser Mensch, dass jeder sieht, dass er, von niemanden beachtet, von
niemanden geliebt, gehasst oder gedemütigt, sich umgebracht hatte.
Oder er hatte halt keine Tabletten.

Einer meiner Freunde sagte, dies sei ein unwürdiger Tod. Ich hinge-
gen meine, dass es weder ein würdigen noch einen ehrvollen Tod gibt.
Der Tod ist immer hässlich. Man kann nur mit Würde leben. Sterben
ist immer dreckig.

Vom Gerede der Umstehenden abgestoßen, flüchtete ich in meine
Gedankenwelt und versuchte, diese letzten abnormen, mich anziehen-

den Gedankengänge jenes Opfers – ja ich nenne ihn Opfer, denn er ist ein Opfer der Gesellschaft, in der wir leben – nachzuvollziehen. Je mehr ich darüber nachdachte, desto besser verstand ich ihn. Ich meine, wir alle sind zu Maschinen geworden. Wir stehen jeden Morgen auf, erledigen unsere Arbeit und gehen dann nach Hause. Wir erleben keine Abenteuer. Leidenschaft, Neugier und Spontaneität der Menschen wurden durch die Monotonie des alltäglichen Lebens ersetzt. Was birgt ein Leben ohne Abwechslung, ohne Freude, Hass? Alle Welt behauptet, wir leben länger. Gemessen in Jahren mag das stimmen, gemessen an Menschlichkeit sterben wir immer früher. Ist nicht der Unterschied zwischen Mensch und Tier, dass der Mensch kein bloßes Zahnrad in der Evolution ist, das sich auf die Grundbedürfnisse beschränkt, sich fortzupflanzen und zu leben? Sind nicht Menschen die, die versuchen, etwas zu verändern? Ist nicht der Grund des Erfolges der Menschen, dass wir nicht das machen, was wir müssen, sondern mehr? Wir haben Hass und Angst aus unseren Leben verbannt, doch haben wir damit nicht auch Freude und Glückseligkeit vertrieben? Wie kann Glück ohne Hass existieren? Wie kann Gott ohne den Teufel leben? Selbst in der Natur ist das so, dass jede Kraft eine Gegenkraft braucht, um zu bestehen. Sind wir Menschen nun so animalisch, dass wir uns in die Reihe der Ewigkeit eingereiht haben? Doch entsteht nicht der Wert eines Augenblicks durch seine Vergänglichkeit? Oder ist doch die Vergänglichkeit des Lebens der Grund des Suizids gewesen? Vielleicht dachte dieses Opfer, wenn alles, was ich tue, vergessen wird, weshalb soll ich dann noch etwas tun? Es sei denn ich springe. Daran wird man sich erinnern.

Nun öffne auch ich ein Fenster, ein anderes Fenster, das aber dem aus Haus Nummer 23 gleicht. Der alte Holzrahmen knackst. Ich mache einen Schritt, stehe im Fensterahmen, sehe hinunter und bin auf einmal voller Glück: Man wird an mich denken!

■ FABIAN FALKENBACH

Nachtwächterdingsda —

ES WAR IM LETZTEN SOMMER, KURZ NACH MITTERNACHT. MEINE ELTERN UND ICH WOLLTEN MIT EIN PAAR ANDEREN TOURISTEN AN EINER NACHTWÄCHTERFÜHRUNG DURCH AACHEN TEILNEHMEN. DIE GRUPPE TRAF SICH AUF DEM MARKTPLATZ VOR DEM RATHAUS. DER NACHTWÄCHTER TRUG ALTE KLEIDER UND HIELT EINE LATERNE IN DER HAND. ZU UNSERER BEGRÜSSUNG SANG ER EIN LIED: »HÖRT, IHR LEUTE, LASST EUCH SAGEN, UNSRE UHR HAT ZWÖLF GESCHLAGEN. ZWÖLF, DAS IST DIE ZAHL DER ZEIT, MENSCH BEDENK DIE EWIGKEIT.« SELTSAM WAR NUR, DASS ES NOCH GAR NICHT ZWÖLF UHR WAR. UND PLÖTZLICH HUSCHTEN ZWEI EIGENARTIGE GESTALTEN ÜBER DEN MARKTPLATZ. Es handelte sich offenbar um zwei Studenten, die nach einem durchgefeierten Abend kichernd nach Hause hüpften. Meine Mutter klopfte dem verkleideten Stadtführer auf die Schulter und wies ihn darauf hin, dass es erst Viertel vor zwölf war. Den Kerl schien dieser Kommentar völlig aus dem Konzept zu bringen. Er warf einen bestürzten Blick auf seine Armbanduhr und musste feststellen, dass sein inneres Zeitgefühl tatsächlich um 15 Minuten vorging.

»Äh, okay Leute, vergesst, was ich gesagt habe, und wartet einen Augenblick!«

Ich stellte mir vor, wie sein Gesicht in diesem Moment knallrot anlief, aber leider war er komplett in einen Kapuzenumhang gehüllt und so entging uns ein sicherlich sehr amüsanter Aspekt dieses Abends. Ich stellte fest, dass er zu dieser Kutte, die wirklich in einer Altkleidersammlung besser aufgehoben gewesen wäre, auch noch eine Sense bei sich trug. Die Gruppe seufzte laut, ließ sich auf den Boden fallen und reichte Kekse und Schokolade herum.

»Nicht doch, ihr zerstört die Stimmung«, sagte der Nachtwächter etwas weinerlich.

Als ihm niemand Aufmerksamkeit schenkte, setzte er sich deprimiert auf den Rand des Karlsbrunnens und starrte auf die Zeiger seiner Uhr.

Eine Gestalt kam vom Rathaus her auf uns zugeschlendert. Wenn es nicht auf Mitternacht zugegangen wäre, hätte ich auf einen Kerl mit einer Geige oder einen Korb mit Rosen getippt, aber er hatte wohl eher ein Messer als ein Musikinstrument in der Hand.

»Es ist kurz vor zwölf«, sagte meine Mutter kauend, als der Kapuzenkerl von seiner Uhr hochblickte und den Neuankömmling musterte.

»Ach, ja«, räusperte er sich.

»Hört, ihr Leute, lasst euch sagen…«

Wir hörten mäßig interessiert zu. Der mutmaßliche Messermörder stellte sich neben den Nachtwächter und stieß ihn verschwörerisch an, woraufhin der um zwei Zentimeter kleiner wurde und die nächsten Worte »unsere Uhr« nicht mehr ganz so eindrucksvoll krächzte.

»He Alter, allerbestes Gras, gerade frisch reingekommen. Interesse?«

»Unterbrich ihn nicht«, fauchte meine Mutter, »wir wollen hier auch noch mal zum Ende kommen!«

»…hat zwölf geschlagen. Zwölf das ist die Zahl…«

»He, Eins-A-Qualität, das willst du dir doch nicht entgehen lassen?«

»…der Zeit, Mensch bedenk die Ewigkeit.«

»Du willst mich doch nicht beleidigen Alter, oder? Eins-A-Qualität!«

Diesmal war es mein Vater, dem der Kragen platzte. Er gab dem Dealer eine Ohrfeige und zwei Euro und empfahl ihm, in der Kneipe gegenüber einen trinken zu gehen. Der Kerl trollte sich beleidigt.

»Bitte fahren Sie fort!«

Der Kapuzenmann räusperte sich. »Hört ihr Leute…«. Der Rest des Satzes ging im lauten Schlagen der Turmuhr unter, deren Zeiger auf zwölf gerückt waren und die nun die Worte des Nachtwächters mit angemessener Dramatik untermalte. Nachdem die Glocke und das sicherlich sehr interessante Lied verklungen waren, applaudierten wir laut und gaben dem Kerl so die Chance, die Mitternacht Mitternacht sein zu lassen und endlich mit der nächtlichen Stadtführung zu beginnen. Aber er dachte nicht daran.

»Hört ihr Leute…«

»Soweit waren wir schon!«

»…lasst euch sagen…«

Der Nachtwächter schien fest entschlossen, diesmal sein Ziel zu erreichen.

»Wir wollen das Zeug nicht mehr hören!!« schrie meine Mutter und erntete zustimmendes Gemurmel. Der Kapuzenmann begann zu weinen und warf seine Sense in den Brunnen.

»Das ist mein erster Tag«, schluchzte er. »Ich hab das Lied auswendig gelernt und mir eine alte Laterne besorgt. Ich wollte sogar, dass alle nachher einen Kopf mit nach Hause nehmen können.«

»Ah ja, und was ist mit den Denkmälern und Sehenswürdigkeiten von Aachen?«

»Keine Ahnung, da kenne ich mich nicht so gut mit aus.«

»Du willst mir also erzählen, dass ich viel Geld bezahlt habe, mitten in der Nacht aufgestanden bin und mir x-mal dein bescheuertes Lied angehört habe, um später nicht das Rathaus bei Nacht besichtigen zu können? Na danke schön, wir gehen!«

Meine Mutter stolzierte vondannen. Die Gruppe folgte ihrem Beispiel, warf dem Kapuzenmann böse Blicke zu und löste sich auf.

Später am Abend beobachtete ich durch unser Hotelfenster, wie zwei weitere Gestalten aus der Kneipe taumelten. Einer trug einen langen Umhang und der andere keinen Korb mit Rosen. Sie tanzten zusammen über den Marktplatz und sangen das deprimierende Lied zweier Menschen, deren Arbeitstag nicht so gut verlaufen war. »Hörd, ihr Leudde, lasst uns saagen…«

■ CORINNA BARKHAUSEN

ES WAR WINTER. WIR STANDEN AN DER BUSHALTESTELLE UND WARTE-
TEN AUF DEN BUS. PLÖTZLICH Geschrei. Auf einmal war ich hellwach,
als hätte ich dreizehn Stunden durchgeschlafen. Aber wann kam das
schon vor.

Nie schaffe ich es, vor ein Uhr ins Bett zu gehen. Immer habe ich zu
viel zu tun und immer wieder fehlt mir Zeit, um Dinge zu tun, die mir
Freude bereiten. Ich hoffe, dass das irgendwann ein Ende haben wird.

Aber – Moment mal, woher kam denn das Geschrei? Was war
passiert? Brauchte jemand meine Hilfe?

Ich ging von der Haltestelle fort und schaute mich um. Die alte Frau
Bentzig war wie jeden Morgen sehr früh auf den Beinen. Ihren langen
Krankenhausaufenthalt sah man ihr nicht mehr an. Richtig erholt sah
sie aus. Einen neuen fliederfarbenen Mantel hatte sie sich zugelegt und
dazu ihre schwarzen Lackschuhe angezogen. Ja, sie hatte schon einen
eigenen Geschmack. Selbst ich hätte nicht mehr den blauen Hut angezogen. Und dabei ist meine Kleidung immer ziemlich ausgefallen.

Nur – woher kam jetzt dieses krächzende, laute, grelle Geschrei?

Es war ein kalter Montagmorgen. Die ganze Nacht hatte es ge-
schneit. Eiszapfen zierten die Dächer, die ersten Sonnenstrahlen wurden von der spiegelglatten Straße reflektiert. Die ersten Strahlen gaben
Hoffnung auf Wärme.

Von der Wärme verspürte ich jedoch nichts. Vielleicht lag es auch
an der Kälte der Menschen, die mich mit ihren durchdringenden, ja
fast strafenden Blicken löcherten. Kein Gesicht bot mir ein Lächeln.
Schon lange nicht mehr. Aber daran hatte ich mich gewöhnt. Es lebt
sich nicht einfach, heißt es. Gut, die Hoffnung auf Besserung habe ich
noch nicht verloren.

Vielleicht sollte man einfach eine Werbekampagne starten mit dem
Slogan: Optimismus siegt!

Aber wer würde einem das abkaufen. Trotzdem, ich denke es gibt
noch optimistische Menschen, die an das Gute glauben und dafür
kämpfen.

Ich weiß, ich weiß, immer meine abschweifenden Gedanken, als ob
man das Wichtigste außer Acht lassen würde und dabei zerstreut durch

die Gegend läuft. Ich sollte mich auf das Wesentliche konzentrieren. Also: Woher kamen jetzt verdammt noch mal diese Schreie! Darum sollte ich mich kümmern, anstatt das Gute im Menschen zu beschwören. Wer weiß, was da passiert war!

Während ich mich der Gasse zwischen Bria- uns Möckebergstraße näherte, wurden die Schreie immer unerträglicher. An der Kreuzung Suttnerstraße/Maarweg stolperte ich über meinen Schnürsenkel. Als ich mich bückte, um mir den Schuh zuzubinden, glaubte ich, mir würde das Trommelfell platzen. Dann stand ich auf. An der Fußgängerampel sah ich meine Tochter Lara. Sie saß im Kinderwagen, hatte ihren Schnuller verloren und schrie und schrie.

■ KATHARINA JOSEPH

ES WAR UM DIE MITTAGSZEIT. VIELEN MENSCHEN TUMMELTEN SICH BEI SCHÖNEM SOMMERWETTER AUF DEM MARKTPLATZ VOR DEM RATHAUS. PLÖTZLICH HÖRTEN SIE EIN EIGENARTIGES GERÄUSCH. ES SCHIEN DIREKT AUS DEM MARKTBRUNNEN ZU KOMMEN. Die Menschen waren alle sehr neugierig und hatten sich innerhalb von Minuten um den Brunnen versammelt. Aus der Tiefe kam ein Gurgeln und Glucksen.

»Der Abfluss ist bestimmt verstopft!«, sagte einer der Männer, »Ich kenne das Geräusch.« Er war nämlich Abflussreiniger. Weil er der Meinung war, das Problem beheben zu können (obwohl es eigentlich kein Problem gab, abgesehen davon, dass sich das Geräusch nicht sehr appetitlich anhörte), stieg er hinab in den Brunnenschacht, um nachzusehen. Die Menschen beugten sich tiefer über das Loch, denn sie wollten nichts verpassen.

Nach wenigen Minuten war der Abflussreiniger verschwunden. Seine Gabriele machte sich ein bisschen Sorgen. »Holger? Alles im Lot?«, rief sie in den Brunnen, und ihre Worte hallten an den dunklen Wänden nach. Zunächst gab es keine Antwort. Dann vernahm man erneut das unschöne Gurgeln und Schmatzen. Gabriele fand die Sache dann doch etwas beunruhigend, und so stieg sie ihrem Ehemann nach kurzem Überlegen hinterher.

Als auch sie in der Dunkelheit verschwunden war, wurden die Dorfbewohner langsam nervös. Ein etwas unvorsichtiges Kind turnte wagemutig auf dem Mäuerchen herum, bis es – wie zu erwarten war – in den Schacht plumpste. Ihrer Mutter entfuhr verständlicherweise lautes Unbehagen, und so stieg sie unverzüglich ebenfalls ihrem Schicksal entgegen.

Es herrschte bedrückende Stille auf dem Dorfplatz, nachdem die Vier verschwunden waren. Der Bürgermeister wollte gerade die Feuerwehr rufen, da meldete sich eine tiefe, raue Stimme aus der Tiefe: »Danke, das rrreicht jetzt, mehrrr brrrauchen wirrr nicht!«

Die Menschen warfen sich verunsicherte Blicke zu. Man hörte ein Kratzen und Husten und dann streckte Gabriele ihren Kopf heraus. Ein paar Spinnweben hatten sich sehr malerisch in ihren Haaren verfangen. »Äh, da unten lauern so ein paar gemeingefährliche Monster.

Wir könnten ein bisschen Hilfe gebrauchen!«, meldete sie, als plötzlich etwas ihren Fuß packte und wieder nach unten zerrte.

Die Leute entschieden, dass sie ihre Mitmenschen nicht im Stich lassen konnten und machten sich somit auf den Weg, die Monster zu besiegen und den Abfluss zu reinigen. Der Bürgermeister ging voran. Er trug immerhin die Verantwortung.

Nach kurzer Zeit hatte sich das halbe Dorf auf dem Boden des Brunnenschachtes versammelt. Es war ziemlich eng hier unten und sehr dunkel. Der Ausgang, etwa zwanzig Meter weiter oben, war nicht mehr als ein schwacher Lichtfleck. Langsam begann sich der ein oder andere Mensch zu gruseln. Aber sie waren ja nicht alleine.

In dem Gewusel dauerte es nicht lang, bis eines der Kinder den kleinen Schacht an der Seite entdeckt hatte. Es war klar, dass die Vier nur dorthinein verschwunden sein konnten. Während sich die versammelte Meute durch diverse Tunnel und Schächte tastete, ertönte immer wieder das unheimliche Glucksen, das allmählich lauter wurde.

»Mehr Zuckerrrrr!« grölte die Stimme, die wohl einem der Monster gehören musste, anders konnten sich die Dorfbewohner das Geräusch nicht erklären.

Die Reise endete ziemlich abrupt in einer Gruft, die mit mattrosafarbenen Flokatis ausgelegt war und von rußigen Fackeln beleuchtet wurde. Zwei Gestalten hatten es sich auf altmodischen Poltermöbeln bequem gemacht. Die eine war sehr dünn, um nicht zu sagen enorm knochig, die andere war in einen schwarzen Umhang gehüllt und hatte Eckzähne, die eine Zahnspange oder einen guten Chirurgen dringend nötig gehabt hätten. Die beiden schauten etwas verwirrt aus der Wäsche, als plötzlich die vielen Menschen vor ihnen standen.

»Mehr Zucker!«, wiederholte der Knochige aus Sorge, die Forderung könnte in Vergessenheit geraten. Ein paar der Menschen, vor allem die, die in der ersten Reihe standen, versuchten, sich unauffällig in die Masse zu mischen, was letzten Endes zur Folge hatte, dass sich alle an die rosafarbene hintere Wand quetschten. Sie schienen alle nicht so wahnsinnig großes Interesse daran zu haben, dem Abflussreiniger Beistand zu leisten, der sich, zusammen mit der Mutter und dem Kind, in einer Art übergroßer Salatschüssel befand. Gabriele stand schwitzend auf einem gepolsterten Höckerchen und rührte mit einem großen Holzlöffel um. Abgesehen davon, dass die Speise mit allen möglichen Flüssigkeiten und Gewürzen verfeinert worden war, die jetzt an den Insassen der Salatschüssel klebten, ging es ihnen weitgehend gut.

Der Bürgermeister entschied dennoch, dass die Lage ernst sei. Die drei waren vom Umrühren auch schon ziemlich grün im Gesicht. Er beschloss, dass Reden immer noch die beste Möglichkeit sei (das hatte er in seinem Beruf gelernt).

»Ich habe leider keinen Zucker«, sagte der Bürgermeister. »Aber wir bieten im Dorf einen hervorragenden Catering-Service an, der Euch die besten vegetarischen Speisen liefern kann!« Er räusperte sich, das machte er immer, wenn er nicht wusste, was er sagen sollte. »Ich bin sicher, wir finden eine bessere Möglichkeit, als unsre Bürger zu essen.«

Die Umhanggestalt runzelte die Stirn. »Nein!«, entschied sie. »Wir essen am liebsten Bürger!« Daraufhin begann das knochige Wesen zu schreien, er möge aber nur Bürger mit Zucker und der Bürgermeister schickte drei Leute nach oben, um Zucker zu besorgen und gleichzeitig die Feuerwehr zu alarmieren. Das Geschrei war sehr unangenehm in den Ohren. Währenddessen deckte Gabriele nach Anweisung der Monster den Tisch mit Papptellern und Silberbesteck.

Als das Umhangwesen äußerte, dass ihm der Salat zu körnig sei und es die ganze Sache noch mal in den Mixer stecken wollte, wurde es dem Bürgermeister zu bunt. Das würde garantiert seinem Image schaden (er trug ja immer noch die Verantwortung). Die Dorfleute planten im Flüsterton eine geheime Verschwörung, in der sie sich dazu entschieden, die Brunnenmonster gemeinsam zu überwältigen. Der Plan bestand darin, sich bei drei auf sie zu stürzen. Der Bürgermeister zählte durch.

»Eins…« Die Leute gingen in Angriffsposition.

»Zwei….« Alle atmeten noch einmal tief durch.

»Und DREI!« Um dem ganzen ein bisschen Dramatik zu verleihen, stürzten sie sich mit riesigem Geschrei auf die Wesen. Die Salatschüssel kippte um, den Wesen wurde unwohl und schließlich ergaben sie sich kampflos. Das machte die Sache natürlich einfacher, war aber bei weitem nicht so interessant.

Als alle Gefahr beseitigt war und der Abflussreiniger und die Mutter mit Kind sich aus der zerbrochenen Schüssel schälten, applaudierten die Menschen begeistert. Immerhin würden die Brunnenmonster eine abwechslungsreiche Neuheit im Tierpark hergeben.

■ HANNA HOPPMANNS

Abschied —

ES WAR EIN KALTER MORGEN, ENDE MÄRZ. WIR STANDEN AN DER HALTE-
STELLE UND WARTETEN. Es regnete in Strömen. Noch sieben Minuten
bis zum Bus, dann: mit dem Bus zum Hauptbahnhof, mit dem Zug nach
Berlin. Allein. Noch stand er hinter mir, hielt mich, hielt unseren Re-
genschirm. Und ich? Ich hielt meine Tasche und blickte die Regenwand
an; halb gespannt, halb verbittert. Er war warm; vor allem sein Atem in
meinem Nacken. »So ein romantisch verklärter Blödsinn«, dachte ich;
ich würde es schon ohne diesen Atem, ohne diesen Arm aushalten.

»Vergiss nicht, anzurufen, sobald du ankommst, hörst du? Und pass
bloß auf dich auf!«

»Mhhmm...«, sagte ich. Die Regenwand hatte etwas Einschlä-
ferndes.

»Hast du auch alle deine Bücher? Und alle wichtigen Telefonnum-
mern? Du kannst mich jederzeit anrufen, immer, Tag und Nacht, hörst
du? Es kann verdammt einsam werden – allein, in so einer großen
Stadt...«

Mir wurde mulmig. Er hatte Recht. Was tat ich hier eigentlich?
Wer garantierte mir denn, dass meine winzige, in dieser Welt völlig
bedeutungslose Beziehung, sechshundert Kilometer und monatelange
Distanz, überstehen würde? Ich wusste es nicht. Er wusste es nicht.
Keiner wusste es.

Ich drehte mich zu ihm um, stellte mich auf die Zehenspitzen und
küsste seine Stirn: »Wir kriegen das schon hin...«

Der Bus spitzte beim Bremsen meine Tasche voll. Ich stieg ein und
beschloss, an dem Abend noch enormen Telefonterror zu betreiben.

»Verehrte Fahrgäste, in wenigen Minuten erreichen wir Köln Hauptbahnhof; ihre nächsten Reisemöglichkeiten...«, doch das reicht schon,
um mich unsanft aus meinem Schlummer zu reißen. »Die drei Monate
sind aber schnell vergangen«, denke ich und begebe mich zum Ausstieg.
In Fahrtrichtung links, versteht sich.

■ MASHA SHAPIRO

Die Frau aus dem Brunnen —

ES WAR UM DIE MITTAGSZEIT. VIELEN MENSCHEN TUMMELTEN SICH BEI SCHÖNEM SOMMERWETTER AUF DEM MARKTPLATZ VOR DEM RATHAUS. PLÖTZLICH HÖRTEN SIE EIN EIGENARTIGES GERÄUSCH. Es schien direkt aus dem Marktbrunnen zu kommen. Vorsichtig tastete sich eine junge Frau an den schlammigen Brunnenwänden entlang. Sie hatte Hunger und ihre Füße schmerzten vom Gehen. Sie wusste nicht, wie lange sie schon in diesen Gängen der Trauer umherirrte.

Endlich glitt ihre Hand an einer metallenen Sprosse entlang. Sie konnte Licht am Ende des Schachtes erkennen. Verzweifelt tauchte sie nach oben. Als ihr Kopf die Wasseroberfläche durchbrach, schnappte sie gierig nach Luft, sog sie tief in ihre Lungen ein. Diese Luft schmeckte nach Leben, nicht nach Ratten und dreckigem Kanalwasser. Solche Luft hatte sie lange nicht mehr atmen können. Das grelle Sonnenlicht blendete sie nach der ewigen Dunkelheit. Nach der einsamen Stille pressten ihr die Geräusche des Alltags auf die Ohren.

Um sie herum hatte sich eine große Gruppe von Neugierigen versammelt. Jetzt, da sie im Sonnenlicht stand, konnte man sehen, dass diese Frau einmal sehr schön gewesen war. Jetzt aber hing ihr braunes schulterlanges Haar nass und verfilzt herunter. Ihr Kleid war zerrissen. Sie trug keine Schuhe, ihre Füße waren wund und dreckig und der Wahnsinn hatte längst ihr Gesicht erobert…

Zwei Männer in grünen Uniformen zerrten sie vom Brunnen fort. Doch schon hatte sie sich losgerissen und einen der Polizisten in den Arm gebissen. Dieser schrie und versuchte, sich loszureißen, doch die unbekannte Frau hatte sich so fest in das Fleisch verbissen, dass er nur dadurch befreit werden konnte, dass sein Gefährte sie in die Seite schlug. Weinend sank die Frau auf den Boden. Fast kläglich sah sie aus, klein und verloren, den Mund aufgerissen, als ob sie schrie. Doch sie konnte nicht schreien. Sie würde nie wieder schreien können, denn der Schock dieses Ereignisses hatte ihr die Stimme auf ewig geraubt.

■ THEKLA HAMM

Zwilling —

ES IST WINTER. ICH STEHE AN DER HALTESTELLE UND WARTE AUF DEN BUS. PLÖTZLICH meine ich Schreie zu hören. Ich bin irritiert, drehe mich um und gehe den Schreien nach. Sie müssen von der Kreuzung kommen. Je weiter ich gehe, desto lauter werden sie. Es sind flehende, nach Hilfe rufende Schreie. Mir fröstelt es. Nicht nur von dem kalten Schneesturm der um die Dächer fegt…

Ich laufe die Straße schneller entlang. Was in aller Welt bringt einen Menschen dazu, solche Schreie von sich zu geben? Und warum scheint keiner außer mir diese Schreie zu hören?

Ich komme an die Kreuzung. Mist, wo soll ich jetzt abbiegen? Rechts? Links? Oder vielleicht doch lieber weiter geradeaus? Ich versuche, heraus zu hören, woher die Schreie kommen. Vergeblich. Ich schließe die Augen, um einen Moment lang der ganzen kühlen Welt zu entfliehen. Versuche, mich nur auf die Schreie zu konzentrieren.

Und dann, ganz plötzlich, taucht ein Bild in meinem Kopf auf. Ich sehe das alte Fabrikgebäude am Rande der Stadt. Blitzartig reiße ich meine Augen auf und biege rechts ab. Ich renne, so schnell meine Beine mich tragen können, in Richtung der alten Fabrik. Warum, warum lasse ich mich auf dieses Bild ein? Was, wenn das der falsche Weg ist? Egal, das Bild ist mein einziger Anhaltspunkt.

Tatsächlich, die Schreie werden lauter. Der Sturm wird stärker. Ich ziehe meinen Schal bis über die Nasenspitze und die Kapuze ein Stück weit über meine Augen.

Diese Schreie können doch nicht mehr überhört werden!

Ich stehe vor dem alten Fabrikgebäude. Und jetzt? Wieder mal schließe ich die Augen. Und funktioniert es? So ein Mist, außer einer Schwärze, die perfekt zu diesem kalten Wintertag passt, sehe ich nichts. Die Fabrik ist riesengroß. Wenn ich in alle Räume laufe, ist es vielleicht schon zu spät. Und was dann?

Würde ich mir jemals verzeihen…

»Aaaahhh…..«

Die Schreie sind jetzt direkt hinter mir. Ich drehe mich um. Was ich dort sehe, lässt mir einen kalten Schauer über den Rücken laufen. Ich muss mich zusammenreißen, um nicht ebenfalls derart herzzerreißende Schrei von mir zu geben.

Ein Mann, vielleicht 1,85 Meter groß und muskulös, hat ein Mädchen, das genau so aussieht, wie ich im Alter von zwei Jahren, zu Boden gestoßen. Brutal sticht er mit einem Messer auf das hilflose Kind ein. Ich schreie. Dann sacke ich zusammen.

Als ich wieder aufwache, liege ich in einem weißen Raum mit hellen Vorhängen. Meine Eltern sitzen mit besorgter Miene an meinem Bett. Ich erzähle, was ich gesehen habe. Uns allen wird klar, was damals vor dreizehn Jahren mit meiner Zwillingsschwester passiert ist.

■ JANA CRON

ES WAR WINTER. WIR SASSEN AN DER HALTESTELLE UND WARTETEN AUF UNSEREN BUS. Meine beiden besten Freunde und ich und noch viele andere von meiner Schule. Es schneite, und wir waren die einzigen, die auf der Sitzbank saßen. Mehr Platz war nicht da. Wie immer waren wir die ersten an der Bushaltestelle gewesen. Meine beiden Freunde stritten sich mal wieder darüber, wer wohl heute das Fußballspiel gewinnen würde. Typisch Jungs! Alle meine Freunde waren Jungen, obwohl ich selber ein Mädchen bin. Aber die Mädchen in meiner Klasse wollten mich nicht akzeptieren, weil ich anders war.

Doch die Jungen mochten mich, und ich mochte sie. Ich hätte kein Problem damit, das einzige Mädchen auf der Welt zu sein! Einen festen Freund hatte ich auch noch nicht gehabt, aber ich empfand für Jungs auch nicht mehr als Freundschaft und Mädchen mochte ich eh nicht. Wie man das wohl nennt, wenn man sich zu keinem Geschlecht hingezogen fühlt? Hm, wahrscheinlich würde sich das eh noch ergeben und dann hatte sich die Frage auch erledigt.

Fast alle Mädchen in meiner Klasse hatten schon mal einen Freund gehabt. Abgesehen von denen, die totale Außenseiter waren. Mit denen wollte generell keiner was zu tun haben, weder Mädchen noch Jungen. Außer natürlich die anderen Außenseiter. Ich war froh, dass mich wenigstens die Jungen akzeptierten. Jeder braucht Freunde und ich hätte kein Problem damit gehabt, ein Junge zu sein.

Meine Freunde standen auf, sie mussten mit einem anderen Bus fahren als ich. Wir verabschiedeten uns und wollten natürlich heute zusammen noch das Spiel ansehen. Der Schnee war in Regen übergewechselt und es schüttete.

Plötzlich sah ich vor mir jemanden stehen. Es war das neue Mädchen aus meiner Klasse. Sie war heute dazu gekommen. Sie lächelte, und aus Freundlichkeit lächelte ich einfach mal zurück, so was konnte ja nie verkehrt sein.

Sie war sehr zurückhaltend. Ich wusste nur, dass sie Marie hieß, genau wie ich, und dass sie sogar am gleichen Tag wie ich Geburtstag hatte. Die Mädchen mochten sie nicht, das spürte ich, sie hatten sie alle angeguckt, als wäre sie ein Kakerlak. Die Jungen mochten sie, soweit ich wusste.

Na ja, sie war auch ziemlich hübsch, hübscher als die restlichen Mädchen in meiner Klasse. Und sie war natürlich, denn sie trug keine Schminke. Sie war hübsch, aber nun mal irgendwie auch anders. So wie ich. Ich war auch anders, doch sicherlich nicht so hübsch. Das war mir allerdings egal, wem sollte ich auch schon gefallen wollen?

»Die Mädchen in deiner Klasse sind ziemlich doof«, sagte sie und ich nickte.

»Ja«, sagte ich. Endlich mal eine, die das verstand. Eine, die mich verstand und noch dazu ein Mädchen!

Sie lachte und ich lachte auch. »Setz dich«, sagte ich und zeigte auf den Platz neben mir.

■ MIRJA RÜCKFORTH

FREIE WAHL

Halb elf —

Es ist halb zehn. Noch eine Stunde, dann würde er kommen. Eine lange Stunde, die kaum zu vergehen scheint. Was sollte sie in dieser Zeit tun? Sie nimmt sich ein Buch. Doch sie überfliegt die Seiten nur. Die Worte prallen an ihr ab. Zu sehr ist sie mit ihren eigenen Gedanken beschäftigt. Es sind Gedanken voller Angst und Hass. Hass auf ihre Mutter, Hass auf Reiner. Doch am meisten hasst sie sich selbst.

Sie schließt die Augen, lässt die Stille auf sich wirken. Dann ganz plötzlich, springt sie auf und dreht ihre Anlage auf volle Lautstärke. Während der Sänger von System of a Down sie mit Worten überschüttet, von denen sie nicht einmal die Hälfte versteht, fällt ihr Blick auf die Englischarbeit auf ihrem Schreibtisch. Es ist schon wieder eine Sechs. Seit Monaten geht das schon so. Ihre Mutter weiß von all dem nichts. Warum auch? Sie würde sich nur wieder aufregen und dann Migräne bekommen. Es war aber nicht immer so gewesen, erinnert sie sich. Sie war zwar nie eine Musterschülerin, aber immer im guten Durchschnitt gewesen. Doch dann änderte sich alles schlagartig.

Es war der Tag, an dem ihre Mutter Reiner kennen lernte. Nein, wohl eher, als Reiner in die Mutter-Tochter-WG einzog. Sie mochte ihn von Anfang an nicht. Er kam ihr vor wie ein Monster, mit seinen sechs Fingern an der rechten Hand, die doppelt so groß war wie die Linke.

Ja, er ist eine richtige Missgeburt!

Zwei Wochen später fing es an. Zuerst waren es nur Kleinigkeiten. Er kam spät abends betrunken nach Hause, dann war er auch tagsüber kaum in nüchternem Zustand anzutreffen. Er verlor seien Job und versank noch mehr in seinem Suff. Irgendwann fing er an ihre Mutter zu schlagen. Sie fragt sich, warum ihre Mutter nicht damals schon einen Schlussstrich unter die Beziehung gesetzt hat.

Später schlug er auch sie. Als sie mit ihrer Mutter darüber sprach, antwortete diese ihr, dass sie sich nicht so anstellen solle. Reiner hätte ja einen ganz lieben Kern. Merkte ihre Mutter denn wirklich nicht, dass Reiner ein brutaler Säufer war?

Ihr kullert eine Träne über die Wange. Warum ist Reiner überhaupt in ihr Leben eingetreten?

Sie schaut noch mal auf die Uhr. Noch fünf Minuten, dann würde er kommen. Voller Angst umklammert sie ihr Kissen. Sie versucht sich nochmals auf ihr Buch zu konzentrieren. Keine Chance. Die Worte nimmt sie nicht einmal war. Immer wieder schweift ihr Blick zwischen Uhr und Tür hin und her. Halb elf. Die Tür geht auf. Ein beißender Alkoholgestank vermischt sich mit dem Lavendelduft in ihrem Zimmer. Dann riecht sie eine Mischung aus Alkohol und Schweiß. Ganz nah. Viel zu nah. Wie jeden Abend um halb elf.

■ JANA CRON

Worte

Aus Papier und Tinte
Formt der Dichter Worte.
Worte, die uns tragen können,
fort an fremde Orte.
Worte, voller Schmerz und Tränen,
die das Herz berühren.
Worte voller Glück und Freude,
die uns auf Reisen führen.
Auch wenn das Wort so einfach scheint,
besitzt es große Macht,
denn ohne könnt' ich nie beschreiben,
was das Wort so wichtig macht.

■ THEKLA HAMM

Nur ein kleiner Strandspaziergang —
Es war Sommer. Die Mücken plagten, die Hitze drückte allen auf die Gemüter. Jeder wollte vor ihr fliehen.

So auch wir. Wir wollten ein wenig am Strand spazieren gehen, uns den frischen Ozeanwind um die Nase wehen lassen. Wir, das waren mein kleiner Bruder und ich. Er war fünf, ich war zwölf. Alt genug, um Verantwortung zu tragen. Und das hatte ich bisher auch immer sehr gut gemacht. Ich war die Vernünftige in der Familie, er der Glücksbringer. Er machte mit seinem perlenden Lachen alle Menschen glücklich, seine Gegenwart ließ alle schlechten Gedanken vergehen. Und so ging es auch mir. Ich nahm ihn bei der Hand, wollte ihn in meiner Nähe wissen, seine kleine schwitzige Hand in meiner großen. Denn ich liebte ihn, mehr als mich selbst, er war mein Bruder.

Der Mutter hatte ich auch diesmal versprochen, gut aufzupassen, doch sie vertraute mir. Dafür liebte ich sie. Und ich wollte sie niemals enttäuschen. Dafür war sie zu krank. Sie würde bald sterben, ein schweres Schicksal, doch noch viel schlimmer war es für mich und für meinen Vater. Meinem kleinen Bruder hatten wir nichts erzählt, er war so sensibel. Sie hatte einen Tumor, sah nur noch sehr schlecht und würde bald mit dem Leben bezahlen müssen.

Bei diesem Gedanken traten mir die Tränen in die Augen, doch ich wischte sie fort, wollte vor meinem Bruder nicht weinen. Er durfte von dem ganzen Leid unserer Familie nichts mitbekommen, er sollte glücklich sein. Wir versuchten, aus der Realität zu fliehen, wussten, dass mit dem Tod meiner Mutter für uns die Welt untergehen würde und doch wollte dies keiner wahrhaben. Mein Vater versuchte, tapfer zu sein, und doch hörte ich ihn manchmal abends weinen, wenn er im Bett lag, bei Mama, die bald sterben würde…

Mein Bruder trug sein Lieblings-T-Shirt. Es war hellblau und hatte einen bunten Fisch vorne aufgedruckt. Das T-Shirt hatte er zu seinem fünften Geburtstag bekommen. Er liebte es.

Am Strand angekommen, lachten wir viel. Wenn ich mit ihm zusammen war, konnte ich alles vergessen, meiner Fantasie freien Lauf lassen und einfach nur glücklich sein. Und so war es auch: Wir spielten, spritzten mit dem Wasser und lachten. Das Wasser war seicht, nicht sehr tief, doch ich wusste, dass der Boden stark abfallend war und man schon nach sehr wenigen Metern nicht mehr stehen konnte. Aus diesem Grund hasste ich diesen Strand. Er war immer mit Gefahr verbunden, vor allem für kleine Kinder.

Was hatte gestern noch einmal in der Zeitung gestanden? Ich schloss die Augen, führte die Hände zu den Schläfen um mich besser konzentrieren zu können. Dabei ließ ich seine Hand los. Es dauerte nicht lange, da fiel mir ein, was ich gelesen hatte: Es waren starke Strömungen im Wasser, auch schon sehr nah am Ufer. Aber ich beruhigte mich: Es würde nichts passieren, er war nicht im Wasser...

Ich öffnete die Augen wieder. Geblendet von der Sonne sah ich zuerst nichts, doch das Bild klärte sich rasch.

Aber wo war mein Bruder? Panik stieg in mir auf. Noch vor wenigen Sekunden war er an meiner Hand gewesen. So schnell konnte kein fünfjähriges Kind weglaufen. Und er wusste doch, dass er bei mir bleiben musste. Hektisch schaute ich mich um.

Und dann entdeckte ich ihn. Blitzschnell hatte er sich ausgezogen und stand nun schon bis zur Hüfte im Wasser.

»Komm auch herein! Es ist herrlich kühl«, rief er mir zu doch ich hörte ihn nicht. War wie gelähmt.

Dann stürzte er sich vollends ins Wasser. Ich wollte zu ihm laufen, wollte ihn ganz schnell dort herausholen. Vielleicht wäre er bis zu Hause trocken und die Mama würde nicht schimpfen.

Ich hörte sein perlendes Lachen. Hörte, wie glücklich er war. Doch mit einem Mal verstummte er. Das Wasser hatte ihn gepackt.

Er schrie. Ich schrie. Hatte eine solch entsetzliche Angst. Das war doch keine Wirklichkeit? Ich träumte doch sicher alles nur. Ja, beruhigte ich mich, alles war nur ein Traum.

Doch seine Schreie holten mich in die Realität zurück. Ich hatte noch nie einen Menschen so schreien hören, doch ich konnte ihn nicht erreichen.

Die Strömung zog ihn aufs offene Meer hinaus. Und er konnte doch nicht schwimmen!

Immer öfter wurde er von den Wassermassen untergedrückt. Seine Lungen konnte er nicht mehr mit frischer Atemluft füllen. Mir wurde schlecht. Ich litt, genauso wie er litt. Schrie, genauso wie er schrie.

Am Strand lag das hellblaue T-Shirt mit dem Fisch drauf. Er hatte es geliebt. Er hatte mich geliebt.

Ein T-Shirt, das war alles, was mir von ihm geblieben war.

■ EVA WEISSHAUPT

Schade —

Sie war spät dran. Glücklicherweise kam ihr Vater sie abholen, ansonsten hätte sie noch sehr lange auf ihren Bus warten müssen. Die Verbindung zu ihrem Heimatort ist sehr schlecht, nur alle drei Stunden fährt ein Bus.

Eingestiegen ins Auto. Ihr Vater, gekleidet mit hellblauem Polo-shirt und einer schwarzen Hose. Nichts besonderes, wie immer kaum Kommunikation. Sie haben sich nichts mehr zu sagen. Sie hofft auf ein besseres Verhältnis. Immer wieder ist sie traurig über die Situation. Er nicht. Er verzieht nie eine Miene, alles ist ihm gleichgültig, nie hat sie ihren Vater traurig gesehen, nicht einmal bei der Trennung der Mutter.

Sie erinnert sich nicht gerne daran.

Sie spürt eine frischen Ledergeruch in ihrer Nase und diesen Geruch eines neuen Wagens, den jeder kennt. Sie streicht mit ihrer zarten Hand ganz langsam über Lehne und Montur. Alles ganz glatt und das Leder so weich. Das Glänzen des Lacks am Außenspiegel. Keinerlei Dreck ließ sich auf der Innenseite der Spiegel feststellen.

»Ein neues Auto hast du also?«

»Ja. Toll, nicht wahr?«, antwortete er mit stolzer Stimme. »Klasse Motor, verbraucht kaum Sprit, extra Sitzheizung, sogar für die Rück-bank, integrierte Bildschirme mit DVD-Player und das Design einfach traumhaft«, fügte er hinzu.

»Wow«, antwortete sie mit einem ironischen Unterton, »aber dein letztes Auto war doch erst zwei Jahre alt und du hast doch noch einen anderen, das war doch bestimmt nicht billig oder?«

»Über den Preis spricht man nicht, dass weißt du doch, war aber wirklich ein Super-Angebot, ich brauchte einfach etwas Neues, Bes-seres!«

»Toll, klasse Kauf!«, erwiderte sie trotzig.

Für sie hatte er kein Geld. Nie. Nicht einmal den Klavierunterricht bezahlte er ihr, und die Mutter – keine Chance, hat ja selber kein Geld. Ihre Lehrerin hat Verständnis und unterrichtet sie ohne Gegenleistung. Sie sagt, sie sei ein Talent.

Dieses Wochenende ist ihr erstes Klavierkonzert, in einem großen Saal. Ihre Mutter wird nicht kommen. Sie ist bei ihrem neuen Freund, das ganze Wochenende über. Ihr Vater? Sie hofft es. Einmal könnte er doch kommen, nur ein einziges Mal. Nie ist er bei ihren Theateraufführungen oder Reitturnieren gewesen.

Beides bereits Vergangenheit, aber er war nie da, kaum einen Teil ihres Erwachsenwerdens hatte er miterlebt.

Noch bleibt die Hoffnung, dass er wenigstens diesmal mitkomme.

»Vater, du weißt doch, ich habe am Samstag das Klavierkonzert. Möchtest du kommen?«, sagt sie mir zittriger Stimme. »Mir würde es sehr viel bedeuten.«

»Nein, samstags kann ich nicht, da gehe ich doch immer Golfspielen«, entgegnete er genervt.

»Das kannst du doch einmal ausfallen lassen, es würde mir viel bedeuten. Aber anscheinend ist dir das Golfspielen viel wichtiger, du bist ja eh nie da bei solchen besonderen Ereignissen, ich habe das Gefühl, dir ist das Golfspielen viel wichtiger als deine Tochter!«, schrie sie.

»Das ist mir eben sehr wichtig. Andernfalls wäre ich auch nicht gekommen, ich interessiere mich nicht für Musik, ich kaufe mir einfach die CD und höre sie mir irgendwann mal an. Außerdem komme ich zu deinem Abitur.«

»Das ist ein einziges Mal in meinem Leben, da kann ich ja wohl auch verlangen, dass du kommst!« Sie beendet den Satz mit einem lauten Schluchzen.

Sie schaut aus dem Autofenster. Es regnet in Strömen. Der Himmel ist grau, kein einziger Sonnenstrahl erreicht die Erde. So dicht drängen sich die Wolken aneinander.

Die erste Träne läuft ihr über ihre Wange, ähnlich wie die Tropfen des Regens an der Scheibe des Fensters hinunter strömen. Und auch ihre Tränen strömen immer mehr, wie kleine Bäche die sich durch eine Landschaft ziehen, ziehen sich diese durch die Poren ihres Gesichts.

Sie weinte, und ihr Herz blutete.

■ KATHARINA JOSEPH

Feuer —

Ihre Haare sind schwarz. Wie Asphalt. Nur nicht so glänzend. Und ungekämmt. Sie reichen ihr bis zur Hüfte. Sie schaut mich an. Mit diesen Augen.

»Nicht«, sage ich.

»Warum nicht?«

Das meint sie ernst. Sie wartet ab, ob ich eine Antwort weiß. Mit dieser kindlichen Naivität, als würden wir ein Spiel spielen.

»Weil wir das Leben doch lieben!«

Ihre Augen sind dunkelblau, wie die glänzenden Käfer, die man als Kind findet. Sie hat nie einen gefunden.

»Aber liebt das Leben uns?«

Tut es das? Mich hat das Leben geliebt, ich habe als Kind im Staub gespielt und in Blättern. Aber das Leben ist gegangen. Da ist jetzt Beton, wo früher Wasser war.

In dem Nachthemd sieht sie aus wie ein Geist. Es weht um ihre nackten Füße. Sie hält das Streichholz in den Fingern. Sie schaut mich an. Es zischt, als sie es entzündet. Sie schaut mich an, als würde sie es wirklich wieder ausblasen, wenn ich ihr sage, dass alles gut ist und schön. Ich kann es nicht. Nicht mehr.

»Natürlich«, sage ich und versuche, es ernst zu meinen. Weil ich leben will. Ob es stimmt, weiß ich nicht. Ich hätte gehen können, aber sie ist doch meine Tochter. Und jetzt? Vermutlich zu spät. Ob sie es noch weiß, dass sie meine Tochter ist? Sie steht in Öl. Es ist schwarz wie ihre Haare. Vermutlich nicht nur Öl. Brennt nicht schnell genug. Es wird brennen. Das weiß ich.

»Ich glaub dir nicht!« Sie legt den Kopf schief, als würde ich ein Märchen erzählen.

Sie lächelt. Wie kann man nur so sehr und zugleich so wenig Kind sein. Sie lässt los. Lässt es fallen, das Streichholz. Es fällt, fällt, fällt… Ich sehe die Flamme. Ich habe Feuer geliebt als Kind. Die Flamme dreht sich, fällt, fällt… dann ist überall Feuer. Gelbes Feuer. Sie lacht, dreht sich in den Flammen. Ihr Kleid brennt und sie lacht.

Was ist das für eine Welt, in man über den Tod lachen kann und im Leben weint? Das Haus brennt. Vielleicht brennt auch die Stadt und vielleicht die ganze Welt. Und wir sterben im Feuer, meine Tochter und ich. Ich frage mich ein letztes Mal, ob es mir wirklich leid tut. Oder ob ich mich nur aus Gewohnheit und Angst ans Leben klammere. Ich weiß die Antwort. Es tut mir leid. Ich will nicht im Feuer sterben. Ich wollte nur glücklich sein. Glücklich sein und leben. Man weiß doch, dass Glück nie für immer geht. Aber es ist schon so lange fort. Und meine Tochter lacht.

■ CORINNA BARKHAUSEN

Die nackten Gedanken —

Mit abwechselnd einer Hupe oder einer verrosteten Fahrradschelle gleichenden Stimme sagte mein Vater: »Du räumst dein Zimmer auf, Fabian!« Er sagte das an diesem eigentlich schönen Mittwochabend ohne die nur störende Sonnenuntergangsromantik, obwohl ich mich frage, was am Untergehen romantisch ist. Außer, natürlich, man ist Terrorist, denn die finden es ganz toll mit Flugzeugen in Häusern unterzugehen, damit ihre stolzen Väter sagen können: »Zwei meiner Söhne sind nun bei Allah, natürlich Erste-Klasse-Flug dorthin.« Aber so sind Religionen. Unlogisch, denn sonst würde man in eigene Häuser fliegen. So bekäme man mindestens noch eine Versicherungsprämie plus die 490 Jungfrauen, die im Jenseits auf den Flugzeugschrottproduzenten warten. Doch zurück zu meinem Zimmer. Mein Zimmer ist groß und ich nutze das. Hier meine Blätter, dort Papierschnipsel auf dem Boden, denn die Lehrer wollen, dass die teuren 9-Cent-Schwarzweißkopien fein säuberlich in kleinere Quadrate geschnitten und in die Hefte geklebt werden. Doch ich bin kein Zurechtschneider und kein Einkleber, deshalb versuche ich möglichst lange die Blätter lose in meinen Heften zu sammeln. Obwohl ich auch kein Sammler bin. Wenn überhaupt bin ich Jäger im menschenüberfüllten Großstadtrevier, bewaffnet mit kleinen runden Münzen und zur Not bereit, mich zu verteidigen. Mit Scheinen geh ich auf die Jagd nach Markenartikeln zum Sonderpreis. Doch mein Zimmer war dreckig und ich liebe Dreck – jeder Form von Zivilisation und Hygiene zum Trotz. Da war ich nun in meinem Dreck, mit meinen losen Blättern und meinen Papierschnipseln und stand vor meinen einst grün bezogenen Schreibtischstuhl der siebziger Jahre mit schwarzer Rückenleiste und Armlehne. Seine Sitzfläche war nicht mehr sauber. Sie war voller Flecken, doch das störte mich nicht, denn mein Schreibtischstuhl ist so bequem wie eh und je. Ich überlegte, ob ich mich jetzt hinsetzen, über den Sinn des Lebens nachdenken oder mal was ganz anderes machen soll, zum Beispiel in den Garten gehen. (Obwohl der lange Garten direkt an Bahngleisen lag, war der Rasen in einem schönen »Ich- wurde-den-ganzen Winter-lang-ordentlich-gepflegt«-Grün, verführte mich der Apfelbaum mit seinem zarten Rosé und die

Früchte des Mirabellenbaums, der übrigens genau zu meiner Geburt eingepflanzt wurde, was allerdings für mich keine Bedeutung hat, da es tausende Bäume gibt, die an meinem ersten Geburtstag eingepflanzt wurden, schmeckten im Sommer so gut, dass ich alle Mirabellen für mich beanspruchte, schließlich ist es ja mein Geburtstagsmirabellenbaum.) Trotzdem der Boden voller Gefahren für nackte Füße war, reizte mich die Gefahr, und ich ging los Richtung Natur. Überwältigt von der Schönheit, überzeugt vom Geruch jungfräulich offenbarter Blüten, setzte ich mich auf den Boden und hörte schon im Geiste die Worte meines Vaters schallen: »Fabian, du hast beim Poker verloren, du musst mähen, und das verjährt nie.« Doch ich hasse Rasenmähen, denn das laute Geknirre des uralten Familienrasenmähers macht mich verrückt. Ich setzte mich auf den unangetasteten Boden. Doch da reichte es mir schon wieder mit der Natur. Ich rannte zurück in meine beheizte Höhle mit Fernsehen, Strom, Telefon, Internetanschluss und fließendem Wasser.

■ FABIAN FALKENBACH

NACHWORT

Unser Workshop stand unter dem Motto »komm dichter ran«. Ziel war es, die jugendlichen TeilnehmerInnen an verschiedene Formen des poetischen beziehungsweise literarischen Sprechens heran zu führen und sie mit neuen Ausdrucksmöglichkeiten der Sprache vertraut zu machen. Dabei sollte ihr »dichterisches« Interesse an der Sprache geweckt und gefördert werden. Sie sollten »dichter ran« an die Vielfalt sprachlicher Welten und – teils witzig, teils ernst, teils verrückt und einfühlsam – in eigenen, literarisch motivierten Texten ihrem Lebensgefühl und ihrer Lust am Sprachspiel Ausdruck verleihen. Und natürlich musste auch ein Dichter »ran« – eben als Workshopleiter.

Acht Mädchen und ein Junge im Alter zwischen zwölf und achtzehn Jahren nahmen an unserem viertägigen Workshop teil. Die Jugendlichen kamen aus Aachen und Düren und sprühten über weite Strecken vor Fantasie und Schreiblust – trotz sommerlicher Höchsttemperaturen. Zunächst waren wir etwas unsicher, ob die große Altersspanne nicht zu Schwierigkeiten in der Gruppe führen könnte. Aber unsere Bedenken waren gegenstandslos. Die Zusammenarbeit war ebenso solidarisch wie kritisch und sehr persönlich, die Atmosphäre stets offen, freundlich und locker. Und nicht zuletzt: Es wurde viel gelacht.

Hilfreich für die Produktivität und gute Zusammenarbeit waren auch zwei weitere glückliche Begleitumstände. Zum einen konnten alle TeilnehmerInnen rundum verköstigt werden, wobei am gemeinsamen Mittagstisch der persönliche Austausch im Vordergrund stand und sehr viel über Wünsche und Perspektiven der Teilnehmer gesprochen wurde. Zum anderen stellte uns die Regio iT für die Workshoptage acht Computer zu Verfügung, so dass die im Workshop verfassten Texte direkt in den PC eingetippt, digital erfasst, ausgedruckt und nach ihrer Besprechung in der Gruppe noch vor Ort korrigiert werden konnten.

Die Textbetreuung ging über den Workshop hinaus, schließlich sollte doch dieses Buch erscheinen. Natürlich ist nicht alles perfekt, was zwischen diesen Buchdeckeln zu lesen ist, kann es auch nicht sein. Aber viele Texte sind sehr lesenswert und überzeugen durch überraschende Wendungen, ein ausgeprägtes Sprachgefühl und eine erfrischende Lust an der Sprache. Sie lassen den Leser immer wieder innehalten und »dichter ran« kommen an jugendliche Eigensinnigkeiten, Ängste und Sehnsüchte und bieten ein spannendes, vielseitiges Kaleidoskop literarischer Erprobungen.

Fast alle hier abgedruckten Texte sind während des Workshops entstanden. Einzig im Kapitel »Freie Wahl« sind einige Arbeiten zusammengefasst, die von den TeilnehmerInnen zu Hause geschrieben und im Workshop diskutiert worden sind.

Unser und der Dank der TeilnehmerInnen gilt der Lohmann-Hellenthal-Stiftung, der Regio iT und dem Kulturbetrieb der Stadt Aachen. Ohne die Unterstützung dieser Einrichtungen wäre ein Poesie-Workshop in dieser Form nicht durchführbar gewesen.

■ ALEXANDRA LÜNSKENS UND JÜRGEN NENDZA

MIRJA RÜCKFORTH / »*Seit ich schreiben kann, schreibe ich gerne Geschichten, aber mit Gedichten habe ich noch nie gearbeitet.*«

KATHARINA JOSEPH / »*Ich schreibe gerne, weil es mir sehr viel Spaß macht. Es ist sehr befreiend, denn man kann einfach über jedes Thema schreiben und oft verarbeitet man währenddessen alltägliche Probleme und gibt diese dann in Form von Geschichten oder Gedichten wieder. Außerdem ist es gar nicht so schwer, wie man es sich vorstellt. Deshalb nur Mut, und es einfach ausprobieren.*«

MASHA SHAPIRO / »*Gelesen habe ich schon immer gerne, aber so richtig angefangen hat es eigentlich erst mit etwa fünfzehn, sechzehn Jahren. Denn in dieser Zeit entdeckte ich viele unterschiedliche Autoren, die heute zu meinen Lieblingsautoren zählen, z.B. Lewis Caroll, Isaak B. Singer und Milan Kundera. Nach und nach begann ich dann selbst zu schreiben.*«

EVA WEISSHAUPT / »*Ich bin 15 Jahre alt. Seit meinem vierten Lebensjahr lese ich für mein Leben gern. Vor zirka vier Jahren habe ich auch angefangen, selber zu schreiben. Momentan arbeite ich an einem Roman. In diesem Workshop konnte ich auch einmal etwas ganz Neues ausprobieren: Poesie.*«

THEKLA HAMM / »*Poesie ist eine Kunst, in der der Dichter die Worte so zusammenfügt, dass sowohl er beim Schreiben, als auch der Leser beim Lesen in eine andere Welt eintauchen können.*«

CORINNA BARKHAUSEN / »*Poesie ist für mich Blumen sehen, wo Beton ist, und Steine in Honig.*«

JANA CRON / »*Warum ich gerne Schreibe: Es macht mir Spaß, Geschichten auszudenken und diese dann aufs Papier zu bringen.*«

FABIAN FALKENBACH / »*Ich finde, die Literatur öffnet farbenfrohe Räume ungezügelter Kreativität, in denen ich ein absolutistischer Baumeister bin. Doch gleichzeitig kann man auch Abscheulichkeit grausamer Taten ästhetisch darstellen.*«

HANNA HOPPMANNS / »*Wenn ich schreibe, tauche ich in eine völlig andere Welt ein. Ich mag schreiben, weil ich mir selbst aussuchen kann, wie diese Welt aussieht. Sie sieht immer anders aus, je nachdem, wie ich mich gerade fühle.*«